KB134550

거미의 전술

김하경
전북 익산에서 태어나 2012년 ≪열린시학≫으로 등단하고, 전국계간지 우수작
품상을 수상하였다. 현재 병원에서 근무하며 이팝시 동인으로 활동 중이다.

열린시학기획시선 86

거미의 전술

초판 1쇄 인쇄일 · 2015년 09월 15일
초판 1쇄 발행일 · 2015년 09월 25일

지은이 | 김하경
펴낸이 | 노정자
펴낸곳 | 도서출판 고요아침
편　집 | 박은정 김남규

출판 등록 2002년 8월 1일 제 1-3094호
03678 서울시 서대문구 증가로 29길 12-27 102호
전화 | 302-3194~5
팩스 | 302-3198
E-mail | goyoachim@hanmail.net
홈페이지 | www.goyoachim.com

ISBN 978-89-6039-737-8(04810)

* 이 시집은 경남문화예술진흥원 지역문학 예술육성지원사업 보조금을 일부 지원받았음.

열린시학 기획시선 86

거미의 전술

김하경 시집

고요아침

머리로 쓰는 게 아니라
마음으로 쓰는 것이 시다.
오로지 흩어진 삶을 모아
시를 쓰겠다는 생각 하나로
풀벌레 소리도 잠든 시간에 펜을 들고 서성거렸다.
더디 해가 뜨는 어둠
내 삶을 깨우는 시를 더 사랑했다.
햇빛에 가려진 달이 낮달로 시작된 하늘을 우러러 본다.
머리로만 생각했던 시는 자꾸 바뀌었고
마음으로 사랑하는 글은 내 속에서 자리 잡고 서있다.

2015년 9월

김하경

■ 차례

제2부 얼음 소녀

제3부 밀서

제4부 냄새를 수리한 저녁

제1부

나무배꼽

간격

아이가 내 등 뒤에서 슬쩍 껴안는다
깊은 봄맛을 한 몸에 요약한 채
내 등줄기 위로 완강하게 엉겨 붙어
사라지는 기억들을 배양하는 아침
저 온기와 내 온기가
제 살결과 내 살결이
서로 끌어당기는 사랑 봄기운이 따스하다

아랫목과 이불 사이 밥사발을 넣으면
제각각인 저것들도
살과 살끼리 맞닿는 자리에
열기를 끓어낸 아랫목 봄꽃이 핀다
아이 온기가 내 안에 따스하게 스며든다
사라지는 체온이 이식되는 동안
간격은 없다
36.5도의 체온을 부비며
온몸으로 사랑을 전달받는 중이다

누구도 떨어트릴 수 없는 이 간격
햇빛보다 더 따스한 사랑
봄은 연리지로 엉겨 붙는다

달의 법칙

아버지는 상의 용사였다
6.25 참전 때 철원에서 한쪽 다리를 잃었다
댕강 떨어져나간 한쪽 다리
오남매 배는 늘 허전하게 채워졌고
의족 끼운 아버지 한쪽 엉덩이가 보름달처럼 부풀었다

왼쪽 발바닥이 평발인 나도
오른쪽 발바닥에 힘을 주며 길을 걷는다
물집이 생길 때마다
왼쪽 발은 땅 딛기가 거북하였다
평평했던 발바닥 굳은살이 튕겨 나오면서
뼛속에 숨은 삶의 걸음걸이도 뒤틀렸다

절뚝절뚝 뒤틀릴 때 오른쪽 엉덩이가 왼쪽으로 낮아진다

발 한번 담구지 못한 의족
아버지 다리를 닮은 강줄기 따라
피라미가 지나다니는 물길에 어머니와 나란히 뿌리셨다

막 목욕을 끝낸 딸아이 발처럼
신지 못한 하얀 신발 아래
보름달 밝음까지 낮아진 밤, 왼쪽 시간이 출렁출렁 흐른다

무덤 속 어둠보다 밝은 강 속
집으로 귀가한 보름달의 한쪽 다리는 언제나 절뚝거렸다
살색 의족이 검버섯처럼 변한 시간
가운데를 비웠던 어머니는
아버지 의족을 살짝 벗기시는지
바람이 흔드는 물결을 들추는 물고기가
푸드득 푸드득 꼬리를 흔들며
강물 속 안부를 전한다

하늘엔 상현달이 뜬다

밑동을 베는 일이 간편했을까?

나팔꽃처럼 붉은 육각형의 집

구멍구멍 창을 열고

나뭇가지에 붙어있는 벌의 밀랍을 만지면

한꺼번에 애벌레 시간까지 앵앵거린다

쭈그리고 앉아 있는 꿀벌들

까만 그림자가 빠르게 덤벼들었다

퀭한 눈에 깡마른 얼굴

젖 빨던 힘까지 봉긋한 삶 금빛 빛깔로 반짝이고

뚝뚝 떨어지는 밀랍의 살점들

땅바닥에 납작 엎드려

파닥거리는 벌들의 낯선 집이 묵직했다

작은 온기를 물고 잠든 아이들

들꽃을 찾아 숲 속으로 들어갈 것 같은 날

밑동이 잘린 나무가 고목이 된 탓에

아이들은 집을 잃고 윙윙거린다

가끔 울음소리가 마당귀를 적시는 저녁

생젖 떨어진 애벌레 빈 젖병만 오물오물거리며

엄마를 보채는 잠투정 칭얼거린다
날개가 있는 벌은 다시
육각형 나팔 집을 지을 것이다
오늘 밤
아동 센터 하늘에 상현달이 밝다

추석 전야

늙은 뇌 안에 쪼그리고 앉아
제삿날 어머니는 밤을 친다
탱글탱글 여문 단맛 벌레를 불러들였는지
멀쩡한 껍질 속 알맹이가 썩었다
밤송이 같은 자존심 아직 맴도는데
껍질 싼 속살은 곤충의 자리였다
울타리 안 햇살은 그늘을 말리며
해갈 없는 다모작 궁핍을 사육했다
등걸 같은 밤톨 하나 자르다 보면
난산을 치른 어머니 산고가 보이고
늦은 밤 말뚝잠이 요란하다
우려먹을 만큼 우려먹어 씨앗
까맣게 문드러져 고목이 된 지금
봄, 여름, 가을, 겨울 죽음을 준비하는 삶
잃어버렸던 시간 되돌아온 기억은 치매다
낭창낭창 풋봄은 비릿하게 불어오고
주름진 나비 꽃 위에 다소곳이 앉았다
스텐그릇 거울삼고

어둠은 참빗으로 머리 빗으며
밤하늘을 스쳐간다
죽은 아들을 기다리는 부메랑 인생
사라진 기억은 어디 갔다가 돌아온 것인가
쪼글쪼글 우듬지 말라비틀어지는 기억
밤길 나섰다
썩는 줄 모르고 움푹 주저앉은 뇌

수정 끝낸 세월의 색깔은 저런 것인가
제삿날, 밤 치는 어머니 얼굴에 검은 저승꽃이 가득하다

밑줄

뒤틀린 허리를 펴고
나뭇가지들 무섭게 가로줄 긋는다

고목은 벌레 먹은 잎사귀를 숨긴다
끝없이 밑줄에만 집중하는 눈부신 저것들

진이 다 빠지도록 할딱거리는 땀방울
직선만 고집하는 가지 끝 생장점엔
꺾이지 않은 길이 훤하다

푸지게 눈 내린 섣달그믐
싸구려 구두를 진열하는 길거리 좌판

바람도 걸려 넘어질 것 같은 골목을 지나
아버지는 냉방에 몸을 눕혔다

화계 5일장을 돌며 헐값 신발을 나르던 푹 꺼진 눈두덩
밭을 일궜던 씨앗들이 무성하다

고랑 고랑 밭갈이 한 얼굴 아버지 밑줄 친 삶이 짙다

생의 중심에 뿌리는 시간의 줄기만 기억한다
흙과 돌을 잔득 움켜쥔 힘 밑줄을 뚜렷이 그리며

가쁜 숨 우왕좌왕 매달린 땀방울 아래
밑줄이 곱다

허리가 비틀어진 아버지를 닮아
내 손금에도 밑줄이 많다

까치집

대나무 소쿠리 같다

까치 가족들이 날아간 빈집

나뭇가지에 덩그러니 남았다

밤낮없이 나뭇가지를 모아 둥지를 만들던 날

군청 철거반은 되돌아가고

살강에 보리밥 담아 매달아 두곤 했다

할아버지 위패를 받들듯

반달 둥지가 받들었던 근기

달달한 기억으로 남았다

산속 외딴 집에 오남매가 기둥이라던 집

어머니 아랫배가 든든한 시간 헐리지 않았다

바람은 자꾸 문풍지를 흔들고 있다

쨱쨱쨱 웅크렸던 둥지

목을 길게 빼고 먹이를 기다렸던 새끼들

속을 채워준 어미가 생을 잇고 또 잇는 동안

반달 소쿠리 비어가는 소리에 민감했다

고봉밥 담긴 날엔 숟가락 끝 웃음이 그득하고

푸드덕거리는 젖먹이 까치들 날갯짓 힘차다

유품처럼 남은 빈집에 햇살이 둘러싸이고
뼈대만 앙상한 흉가 위로
말간 반달이 뜬다

양파

페트병에 담아둔 양파
배밀이하듯 시간을 낳았다
몸이 퉁퉁 붓다가 싹이 돋는다
쪼글쪼글한 새순에서 배부른 임산부가 보이고
머리 허연 어머니가 구부정하게 앉았다
페트병에 기댄 햇빛은 물방개가 지나간 자리처럼
물이랑을 이루고
씨앗을 착상한 물이 줄어들수록
양수에 여린 싹은 회오리치다가 빠져나온다
열 달을 거슬러 숨 쉬는 아침
가슴부터 입덧하는 진통을 누르며
물속에서 뿌리내린 자리마다 껍질이 벌어지고
양파는 세포분열을 한다
나는 자궁 속에서 꿈틀거리는 태아를 보았다
자기를 버리고 싹 틔우는 시간
껍질 속 수정관의 빛은 가을에도 초봄처럼 푸르다
햇빛과 통했던 어머니
태아를 보듬은 하늘은 껍질이다

초가을 씨앗을 잇고 대를 잇는 새순 아래로

빛은 자궁 속에서 눈부시다

태동

알레그로 무대의 백조 춤보다
물속 배냇춤이 더 아름다운 턴 아웃이 아닌가

분만실 앞 대기실에 앉은 임산부
옆구리에서 물속 호흡을 몰아쉬듯 꿈틀거리고

무용수의 수중발레 발놀림은 태동을 시작한다

출렁출렁 초록 발차기한 첫발의 태동
자신을 알리는 최초의 수중발레 춤이 아닌가

세상을 향해 아기가 발짓하는 오늘

르누아르 화보집 춤추는 아가씨 발
백조 걸음의 포지션은 4번 턴 아웃 자세다

푸드득 웃음을 물고 날아든 새 한 마리
사뿐사뿐 물속 시간을 통과한 까치발이 옆구리에서 갈채를
받고

뱃속에서 빙빙 돌던 아침 태기를 느낀다
수중발레 했던 저 작은 발이 세상 무대 보다 먼저 까치발로
무지갯빛 무대를 걸어 이곳까지 왔을까

눈시울이 붉은 바람이 불 때마다
간당간당한 난간에서 내 등을 밀었다가 다시 중심을 잡아주
었던 태동

내 감정에 맞춰 발끝에 감각을 느끼던 아기가
맨발로 걸어 나와 세상에 배냇춤 준비가 한창이다

탈피

만삭의 계절에서 온 매미 울음소리 본다
조금씩 굵어지는 밤 밭길을 지나면
울음소리 높은 음부터 이어지는 내 아랫배가
다그치듯 진통이 온다
정지되었던 시간들이 다시 출발하는 초여름
밤나무는 매미의 분만실이다
탈피한 신생아 울음이 앵앵거리고
갑자기 뒤틀린 나의 배앓이가
새로운 출산을 성급히 올려다보고 있다
아기를 안고 초유를 물리는 밤나무
어설픈 손으로 살랑살랑 가지를 흔들고
온종일 껍질 속에서 털만 핥던 매미의 출발은
점점 높아진 울음소리에 웃음을 얹어주는 것
언덕에 울타리를 높여 꽃샘추위 막아주던 날
봄빛에 고깔모자 쓰고
끝없이 가시밭길 걸어온 얼굴로
나무 둥지에 단단히 붙어있다
탈피란 너무 울어서 속이 텅 빈 삶의 시작이다

한 여름 추운 곳에 살던 사자의 첫 목소리처럼
시곗바늘 기울어지는 가설무대에서
매미의 울음소리가 한음 더 우렁차다
나뭇가지가 삭정이로 마르고 있는 지금
내 사랑은 아직도 풋밤이다
까맣게 익어가는 여름빛이 눈부시다

엄나무 식당

아버지 도박 빚 대문에 딱지로 붙는 날
서러운 가시 뾰족한 촉을 세웠고
어머니 가난한 웃음이 세상에 방생되었다
주인집 가마솥에서 펄펄 끓었던 엄나무 삼계탕
구수한 냄새가 안방까지 드나들었다
내일의 추위가 한낮 열기로 예상된 여름
가슴 속 피울음은 얇은 심장이 생겼고
딱지들은 외갓집 쌈짓돈까지 노랗게 곪았다
지금 강원도 정선 카지노 이야기로 라디오는 한창이다
펄펄 끓은 엄나무 가시 걷어내기 시작한 말복 날
하루하루를 버틴 삼계탕의 기억
복날 낮 열두시
지구는 태양의 중심에서 기울어진 처방전이다
해와 가장 비슷한 심장 언제나 동그라미다
가난의 가해자였던 엄나무 가시
두꺼워진 심장은 동그란 가시의 흔적이 아닌가
쫄깃한 살코기 속으로 붉은 핏물이 스며들었다
한때 모진 기색의 가시가 약이 된 엄나무 삼계탕

독기만 시퍼렇던 빛깔의 촉

가지 끝은 언제나 태양과 가장 가까운 거리에서 뾰족했다

가시 익히기 위한 엄나무는 해를 기다렸을 것이다

날카로운 딱지로 굴복해야 할 시간들이

펄펄 끓은 뚝배기에 약용 재료 노랗게 익었다

콕콕 찔렀던 생살이 상처를 아로새긴다

쓰디쓴 맛이 빠져서는 안 될 그날의 트림

시간의 위벽을 거슬러 온 아픔

푸른 독기가 두껍게 걸러 하얀 추억들로 바글거린다

나무배꼽

복숭아나무 한 그루 옹이가 둥글다

해거름이면 마당가 복숭아나무에 물을 주고도
검버섯 돋은 할머니는 푸짐한 밥상 차려준다

갈래꽃도 별빛이 흠뻑 배었는지
갓 핀 꽃잎은 붉은 마음이 터졌다

포목점 나간 어머니 기다리다가 졸고 있는 나를 눕히며
나무 밑에 드므는 언제나 간절하다

어두운 밤 오줌발 소리가
지붕을 빠져나가 너울거리는 별빛을 불러 모으는 봄

드므는 무엇을 채우려는가

젖은 땅은 할머니 관절처럼 질퍽일수록
하늘은 맑고 복숭아는 달았다

늙은 복숭아나무 배꼽은 할머니 탯줄을 잇는 유적

도닥거리며 조심스런 잠을 재우던 날 정신은 뚜렷했는데
별빛은 무엇을 적시고 있는지

매운맛처럼 빨갛게 물든 오줌소태
찔끔찔끔 속옷 적시던 지린내가 진동하고
나무는 복사꽃 피우다가 옹이로 늙었다

언제나 복숭아나무 밑 추억의 뿌리는
드므를 닮아 오래된 유적처럼 고요하다

* 드므 : 넓적하게 생긴 독. 건물 앞의 독처럼 생긴 것은 '드므'라고 하며
하늘의 화마(火魔)가 물에 비친 자기 얼굴을 들여다보고 놀라 달아나라
는 뜻이 담겨져 있다.

단추 구멍

여름은 맨발로 자갈을 밟고 지나가고
바람은 발밑으로 스며든다

흰 오리떼 물 위에 둥둥 외딴마을 지나 정거장
허름한 보따리 이고 버스를 오르던 여인

쩍쩍 벌어진 웅덩이는
한 모금의 물도 가둘 수 없었다

체온이 올라가는 몸 붉은 물이 출렁거릴 때
바글바글 한숨 끓이던 그녀
밤마다 아스피린 한 알은 가슴을 내려쳤다

끝없이 부채질을 한다 식지 않는 더위가
우리 집 골목에 석류알 속을 쩍쩍 갈라놓았다

꽃 깃들던 웃음 뙤약볕이 거둬간 뒤
뿌리부터 이어진 어미와의 질긴 끈은 단춧구멍처럼 아른거
린다

쪼글쪼글 절여진 시큼한 세월
이리 뱉고 저리 뱉다 잠들었던 밤

삶의 궤도에 금이 간다는 것
앙금 없이 흙탕물이 가라앉는다는 것
막힌 숨통에 한 봉지 약을 처방하는 것

하늘에 구름사다리 타고 내려와
웅덩이 출렁거릴 때마다 벌어졌던 마음에 단추를 채운다

생일

천장에 매달린 검은 등껍질이 눈부시다
탈피란 죽었다가 다시 내어나는 것인가

내가 어머니를 탈피했듯
껍질을 벗은 거미는 더 큰 몸으로 거미줄을 잇고 있다

새끼는 어미의 껍데기를 보고 자란다
눈먼 사랑도 두루두루 살펴보면 나에게는 꽉 찬 생들뿐이다

어머니를 대롱대롱 매달아 놓은 초상화
고산지대 유패를 모시듯 처마 밑에 사진을 모신다

몸을 비워가며 생을 잇고 또 잇는 어미 등 뒤에서
꿈틀꿈틀 젖먹이 새끼들을 햇살이 둘러싼다

살아서도 가볍기만 했던 짧고 긴 역사에 빛을 보내는 오후
손금거미줄이 울타리가 되었던 거미 앞에 나는 서 있다

해와 구름 사이에 쉼 없이 바뀌는 탄생
껍질을 벗고 또 다른 삶을 이어가는 그것은 내 탈피다

바람소리도 둥글던 날 딸아이 울음소리가 들린다
죽었다가 태어난 거미가 흐린 눈을 닦아준다

약속

나뭇가지 끝에서 매미가 울 때는
땅꾼의 집 물통에 뱀을 가두곤 했다

아버지가 가둬둔 뱀 소리에
동구 밖 탱자나무 울타리까지 들썩거렸고

살점이 찢어져라 뒤틀고 날뛰는 진동이 멈출 때
똬리를 푼 시간들이 힘없이 늘어졌다

포크 혓바닥을 날름거리며 풀 속을 달리던 뱀처럼
나는 물통을 쏟아 삶의 길을 만들어주고 싶었다

시간을 지웠던 이슬방울 나뭇잎에 머물 수 없듯
이미 정해진 시간은 뒤돌아가지 못했다

산중에 도사리던 독소가 저물고
숲으로 돌아가지 못한 것들은 죽음과 시간을 뒤섞고 있었다

약속 없는 약속을 지키며
삶의 무게와 생의 꽃 잎사귀가 해지는 방향으로 떠나던 날

둥근 무덤을 바라보는 해가 내 뒤통수를 비추고
물통 속 뱀의 눈동자가 반달로 반쯤 감겨있다

시간이 갈수록 나는 밝아지고
반쯤 감긴 뱀의 눈은 제 안에서 어둠만 바라본다

출근

나는 밥벌이를 간다

차창에 금방 씻고 나온 해가 뜬다 저 산봉우리와 봉우리가
새색시 젖무덤이다 능선에 걸친 해는 젖꼭지라 하자 둥글둥글
한 젖가슴이 잘 차린 내 아침 밥상이다 배밀이하듯 하루를 기
어가는 어린 짐승 얼굴에 묻은 우윳빛 자국이 질펀히 묻었다
밤새 젖 주림에 칭얼거렸던 어둠 젖어미 따스한 온기는 하늘을
감싸 안았다

일출은 매일 아침 참젖을 물린다

어린 짐승은 초유를 빨아먹는다 오물오물 아랫배가 든든해
지고 성장판이 열린다 뼈마디가 자라는 배냇니 하얀 핏속을 달
린다 둥근 젖가슴에 모서리가 없듯 샛길을 가로지른 어린 짐승
은 빠른 길을 달린다 어미의 대를 잇는 배꼽은 대물림이다 뚝
뚝 떨어지는 시간 받아먹는 입술이 햇살 아래 환하다 젖살 통
통 차오르는 어린 짐승은 전진 기어를 넣는다

제2부

얼음 소녀

공중그네

우리 동네 공사장
18층 빌딩에 한 사내 줄타기 한다

공중정원에 사방팔방 스치는 바람 속
삶을 꿈꾸는 페인트공 손끝이 환하다

하늘을 팽팽히 버티는 시간
손때는 언제나 반질반질 윤기가 난다

지루한 녹물이 벗겨진 자리
늙은 부모와 자식 얼굴처럼 동그랗다

대롱대롱 외줄에 몸을 맡기고
벽면에 붙은 제 그림자를 따라 색칠하던 한낮

붓끝이 만난 그림자 언저리
2시 30분 방향의 시침과 분침처럼 찰칵거린다

시간은 언제나 과거가 되지만
새로 그린 그림 오늘 하늘에 꽃이 핀다

낡은 시간을 잡고 앉아있는 페인트공
고개 들고 바라보는 어린 눈망울을 의지한다

벽면에 환한 해가 뜬다

거미의 전술

임대아파트 바닥에 물이 샌다
담쟁이 넝쿨 말라있는 줄기처럼 금이 쩍쩍 갔다

오랜 시간은 소리 없는 힘을 가졌나

독거노인 누웠다 일어난 자리에
임시로 누수를 막겠다는 사회복지사
방수액 바르고 벌어진 틈 사이 신문을 붙였다

뒤틀리고 단수된 심정은 허공을 휘젓고
습기 젖은 종이가 다시 갈라지는 시간
사람 온기가 떠난 뒤 장판 밑은 곰팡이 산실이 됐다

떠나야 할까, 말까
거미는 틈과 틈 사이 집을 짓고 있다

여기저기 널브러진 세간들마저 곰팡이가 생길 것처럼
험상궂은 바람은 방안으로 몰려왔다

거미도 그 틈에 집을 짓고 있다

무심코 지나친 시간도 삶의 무게를 싣고
볼 수 없던 힘은 허공에 시간을 불끈 쥐고 있다
시간의 불 켜고 비 피한 나이가 캄캄한 터널도 집이 될 수 있
는 틈이다

나의 해묵은 오두막집 터널 속
마음과 마음이 돌아눕던 방은 태양의 절반만 보인다
눈살 찡그린 나의 오두막은
아직 온기가 남아있다

파랗게 곰팡이 낀 삶도
재생의 힘을 가진다

유리문 위의 지도

한겨울 처마 밑 거미줄 실금으로 얽혀진 아침
쩍쩍 금이 간 미래부동산 출입문이 깨져있다

밤사이 누군가 돌멩이를 던졌단 말인가
미래부동산 아저씨 출입문을 열고 닫을 때
깨진 유리는 우리 마을 지도처럼 골목골목 길을 다녔다

집을 내놓은 실금 위의 광고지들
내일의 금빛 햇살이 틈을 타고 올라오고

오랫동안 떨어지지 않던 정보지 아래
그늘에 눅눅해진 풀 자국이 늙은 검버섯처럼 초라하다

흔들흔들 깨진 거미줄을 지나갈 때면
해가 다시 뜰 방향을 따라 미래부동산 아저씨는 붉게 표기하고
골목골목을 돌아 밑줄을 긋고 또 긋는다

깨진 유리문으로 거미집처럼 햇살이 모두 통과하고

붉게 표기한 광고지 유리문 위의 저 작은 지도도 반짝인다

오늘 눈을 감고도 찾아갈 수 있는 우리 마을 길 끝
처마 밑 거미 한 마리 머리 위로 둥근 해가 뜬다

.

차마 고도를 가다

석양이 붉은 둘레길 입구에
나무 계단을 깔아 놓았다
참회하는 삼보일배의 남자들
찢어지고 터진 몸 길 위에 기도하고 있다
질주하다 대기권을 이탈한 것은 궤도가 아니다
나무 계단이 깔아놓은 시간이다
계곡을 가로지른 산새의 지저귐
숨은 색깔들이 붉게 물들었다
둘레길 걷는 발걸음이 꽃잎이어야 한다는 건지
배롱나무 한 그루 버티고 서서
꽃잎 종착역을 찍어내고 있다
행선지 없는 무정차
바람이 궤도 밖으로 흩어진다
발목 괴사로 절뚝거리는 수행자
무릎을 끝없이 조아리며
세 걸음 걷고 한 번 절하는 남자들을
벌떼 한 무리가 앵앵거리며 따라나섰다
기도의 이름으로 배롱나무 꽃 나부끼는 문양

분홍 입술 꽃잎들

제 깃 접고 걷는다

사슴농장

마취총 맞은 사슴이 푹 쓰러지자
할아버지는 뿔을 자른다
딱딱한 톱날이 뿔을 탁 자르자
펑펑 쏟아진 피를 그릇에 담는다

골수조직을 붉게 쏟아내는 사슴피
가자미눈 이리저리 눈동자를 돌려
관역 안에 마취 총 탁 꽂힌
숲보다 길이 되겠다고 할아버지는 필사적으로 달려간다

광개토대왕 말갈족 부족장에 활을 꽂고 달리는 것처럼
골수의 붉은 뿔을 삼키며
탁 꽂힌 마취총을 앞세워 다다다 할아버지는 앞을 달린다

젖꼭지처럼 검은 약초를 끓이는 저녁답
햇빛은 녹각의 긴 그림자를 조심조심 키웠던 뿔
피맛에 마취된 사람만 숲 속을 다져 나라 길을 만든다

힘없이 쓰러지는 마취가 작은 무덤을 훑고
약탕기 속 탕약이 마지막 한 방울까지 탁탁 떨어지는 길 끝에

시퍼렇게 뒤를 쫓는 톱날의 시간
노을이 끓이는 봉분 밖으로 선홍빛 피는 할아버지 길 위의
지팡이다

먼 산만 두리번거리다가 껑충껑충 돌아온 시간
온몸에 소리가 사라졌다
수납된 길 끝에 먼 산 피맛을 본 할아버지

가끔씩 사슴에 마취총을 쏜다

미라

아이를 품은 미라의 여인
오랜 시간에도 썩지 않은 땅속에 빛을 발산하고
여인 몸 어디쯤 아기 울음소리 들린다

파평 윤씨 정정공파 묘역, 가슴에 담은 울음이다

후손을 출산하다 죽은 미라
군데군데 괴사된 채 말라버린 여인은 썩지 않았다

오백 년 전 무덤 속으로 스민 햇볕을 조금씩 닦으며
어두워진 무덤 속 여인이 줄곧 발버둥 쳤던 눈물 자국이 흥
건하다

무덤 밖에서 호롱불 아래 바느질 소리 들리고
하얗게 맞배지붕 위에 서리가 내렸다

목숨 걸고 자식을 품은 어미는 저렇듯 썩지 못하는 걸까
자르지 못한 시간을 뒤집고

어미는 무덤 속 썩지 못한 몸을 드러내고 있다

여인의 마른 살갗 미끄러진 바람에 날리면
미라는 괴사된 채 까맣게 썩을 것이다

햇볕은 흙 속에서 방부제인 적 있다

그의 젖은 비단옷과 사진이 박물관에 스크랩되기 시작했다

합죽선

박물관 벽면에
대오리살 수액이 한지 위로 배어나올 것 같은 대나무가 빗금
처럼 말라있다

먹물 번진 햇살 아래로 한 걸음 물러 앉힌 반야를 남겨둔 공민왕
아버지 따라 궁궐로 들어간 고려인의 모습이다

늦골에 대나무 겉대가 툭툭 불거졌다

시첩 뒤를 살금살금 밟던 공민왕 숨소리는
고려인 울음소리가 대통 속에서 들리고 쭉쭉 결을 편 합죽선
이 둥글다

오므렸다 펼쳐진 합죽선, 빗금이 짙다
내 손바닥에도 빗금이 짙다

주먹 쥐었다 편 사이에 등줄기 따라 서늘함이 쉴 새 없이 오
르내리고

고개를 숙여야만 보이는 가슴은 아리다

나는 남의 손바닥에 얼마나 많은 빗금을 쳐야 했던가

부채를 만든 문화생의 땀 젖은 손가락 끝을 보면
빗금 같은 지문에 굳은살이 동글동글하다

마름질하다가 멈춘 한지가 바람 따라 대오리살을 휘익 감아
올리고
  공민왕은 먼 우주에서 부채질할지 모르는 일

  반야의 속치마 자락이 구름처럼 펄럭이고
  합죽선 이야기로 접혔다 폈다 마무리 된 박물관은 고려의 하
늘이다

  고려인 얼굴들이 벽면에서 환하게 웃고 있다

말들의 무덤

서서도 달리지 못한 말 누워야만 달릴 수 있는 것일까
제나라를 누비던 순마갱이 발견되었다
헛되지 않은 말들의 죽음
산둥반도의 갈비뼈 화석이 햇살 아래 반짝인다
줄지어 북으로 올라가는 철새들 날갯짓처럼
주인보다 먼저 달린 말들의 형체는 아직 당당하다
무덤 속 흰 뼈들이 자리 잡고 누운 저녁
주인과 머리를 맞대고 달린 제나라의 생존전략
전신을 지탱한 힘이 영토를 사육한 전략이다
순장된 말의 뼈를 들여다본 갱
곤죽 된 말의 몸에서 줄무늬 갈비뼈가 보이고
굽혀야만 멀리 뛰던 말들의 무릎 소리가 달그닥거린다
둥근 표정 아래 할딱거리는 토종의 숨결
죽어서도 뛰는 얼굴로 누워있다
편차에 쇳물이 다 빠져 흙가루가 된 지금
봄 여름 가을 겨울 자주 발끈거렸던 말발굽 아래
말도 국경을 넘어가는 꿈을 키웠을까
할딱할딱 넓은 구릉지 절벽을 넘나들던 시간

편차를 잡던 군사들의 호패에 새긴 16살이 뚜렷하다

재갈 길을 오고 가던 하령두촌

어둠을 깔고 밤하늘을 스친 몇 필의 말은 누워서 달린다

U자형 말의 무덤 속

누워서 만주 벌판을 달리는 곳

사거리에 장군을 태운 말의 동상이 세워질 때

갈기의 장신구들은 햇살 아래 누웠다

무덤의 그림자가 말의 편차 따라

오늘을 달린다

시저匙箸

트럭 짐칸
뚜껑을 친 수박
칼 한 자루 숟가락처럼 꼽혀있다

젯메 위에 나란히 놓을 숟가락
시저다

저승 밥을 차린 할아버지 후식
과일장수는 후손처럼 서서 진열된 과일을 바라본다

죽음보다 멀리 떨어진 제사상 앞에
무엇을 담고 무엇을 잡아야 할지

수북이 담은 밀쌀 젯밥에 꽂은 시저
숱한 과거를 빌며 수박을 대신 먹는 여름날

냉수에 세 술 젯밥을 떠 말았다
종지부를 찍어야 할 사람이 제사상 차리고 과일을 먹는다

과거를 깨달은 바 없는 후손
사람들 숲에 들어가 늘어지게 절하는 야생

얹힌 칼 위로
뚝 잘린 뚜껑을 열고
한참 환한 봉분 속으로 갈 준비를 한다

얼굴 없는 불상

시간에 부딪친 불상 목이 떨어졌다
금방이라도 흙물이 튕겨 나올 것 같은 목을 만지며 바람은
돌이킬 수 없는 울음 운다

거듭 미세한 목을 살펴보면 칼자국 지나간 방향에서 시름 소
리 들리고
얼굴은 누군가 가지고 사라졌다

비스듬히 기울어 얼룩진 나무는 화석처럼 서서
날짐승 뒤를 밟던 돌칼은 비에 젖어 한숨짓다가 시곗바늘처
럼 꽂혀있다

쓱쓱 숫돌을 갈아 젖꼭지 물리던 도공의 아버지
산책 나온 햇살도 발걸음 잠재울 때 아이들은 보물을 찾아
두리번거린다

더욱 깊게 더듬어 갈수록 뒷걸음치는 바람 뒤로
삽살개 멍멍 짖으며 낯선 얼굴로 나타난 사이

구름 위에서 불상의 목에 칼을 겨누며
  햇빛과 바람과 비와 온도가 식어가는 시간 손가락을 꽂아 시
계추를 흔들었다

  반지름 기호처럼 시간을 삐걱삐걱 돌리다가 어두운 방향에
서 멈추고
  얼굴은 석간신문 실려 이웃집 대문 앞에 버려졌다

  태양을 할퀴고 간 도굴꾼의 목 없는 트럼펫 땅을 덥석 주워
든 아침이 슬프다

도마 속의 삼족오三足烏

꿩을 다루는 주인 창을 던지듯 칼을 흔든다

고구려 왕릉에서 발굴된 예맥족들이
쌩쌩 불어오는 바람과 맞서 벽화 속에서 말타기 즐겼다

우거진 숲 속 분주하게 달렸던 광개토대왕
달아나는 새의 날갯짓 힘보다
앞을 겨눈 시간들 창은 적들의 전략 앞에 빠르게 꽂힌다

사라진 고구려의 삶
짐승을 쫓는 눈빛이 햇살 아래 반짝인다

엉덩이를 들고 말을 달리던 왕
흙속에 묻힌 지금
힘껏 던진 창살 여전히 심장에 번쩍거리고
꿩을 적중한 도마 위는 말발굽 소리가 요란하다

북면 우주 꿩 요리 식당 주방

벽화 속 왕의 사냥터로 핏물이 흥건하다

날마다 하늘로 도망쳐야 할 꿩
지난날 나의 힘이라면
앞만 겨눈 사냥의 힘
산속에 흩어진 삼족오 피가 칼도마 위에 벽화로 물들었다

다다다다 도마 위의 칼소리 산등성이를 휘어잡고
피를 물끄러미 바라보던 내가 식당을 나온다

미래도

시간이 하얗게 샌 오후
시장통 앉은 할머니는 늙은 호박을 박박 긁어내린다
아직 덜 여문 껍데기들 축축이 벗겨져
숟가락 아래 가묘 하나 수북하다
이제 더 이상 할 말 없는 애호박을 보고
꽉 다문 입
마음속에 무덤 하나 풀어 놓는 건가
살점이 뚝뚝 떨어져도 깎아내고 있다
방울방울 진액이 맺힌 뜯겨진 살점
검은 머리가 하얗게 샌 늙은 호박 위로
진액이 눈물처럼 가묘 아래로 잔뜩 흐른다
코걸이가 대롱대롱한 아마존의 여인들도 마찬가지다
누런 호박은 밥이고 무덤이지만
흰머리로 늙은 시간은 여인들의 축축한 눈물인 것을
TV 속의 군데군데 이 빠진 아마존 여인들
푹 익은 호박죽 한 숟가락 받아먹을 줄 모르고 있다
　암흑은 답답한 속마음이 끓어오르는 것이어서 꼭꼭 씹어 삼
켜야 하는 것

덜 여문 애호박의 껍데기들은 누렇게 말라비틀어진 눈물인 것

고무대야 속에 제 무덤을 다독다독 미래도를 조각하는 것

검은 머리가 흰머리로 기울어진 지금

끈끈한 진액이 여인들의 밑거름이었던 눈물이

반대쪽으로 떨어진 노을의 끝물은 더 붉다

작고 힘없는 그림자가 시장통 서쪽으로 기우뚱하다

바싹 늙은 할머니는 삼베 치마로 침을 닦고

숟가락 위에 누런 호박

봉분 한 삽

슬프다

얼음소녀

안데스 산맥 유아이코에서 15살 소녀가 발견됐다
무릎에 양손을 얹고 머리를 떨어뜨린 채 썩지 않았다

초침과 분침을 비우며 얼마나 기다렸는지
500년 전 미라가 잠든 채 앉았다

지상에서 사라진 시간이 거꾸로 달리는 날
신에게 받쳐진 잉카제국 인신공양
가장 건조한 사막을 며칠간 걸어 당도한 얼음 무덤

심장의 붉은 피 여전히 선홍빛으로 남아있고
치마를 쥐어야 했던 오른손 발버둥 친 눈물 자국 흥건하다

산꼭대기 얼음관 속에서 까맣게 뒤를 쫓는 시간
소녀와 시간은 멀찌감치 떨어져 반대방향으로 흘렀다

해와 구름이 쉼 없이 바뀌는 마른 초원
작천정에 변형된 도깨비 도로

내리막길을 걸어 오르막길에 오르고
오르막길을 걸으면 내리막길로 내려간다

사막에서 굶주렸던 소녀
하늘이 휘고 빛이 휘는 봉분 속 등골이 오싹하다

거북이

생계비조차 지원 받지 못하는 노인이
시청 앞 길거리에 거북이처럼 엎어져 있다
살살 비위를 맞추지 못한 시간
땅바닥에 고개를 푹 처박고
누더기 옷 속으로 깡마른 아이를 업고 있다
등껍질 속에 머리를 넣었다가 빼냈다 하루를 산 거북이
앞발을 어깨 위로 내밀고
거리의 사람들 주머니만 바라본다
느릿느릿 응달진 자리에 목을 넣었다가 빼낸 겨울
동전을 도사리는 마음까지 배가 고프다
이골난 허기는 이렇게 거북하게 엎드려 늙어야 하는가
붉은 소쿠리가 숯덩이로 보인다
엎드린다는 것 불빛 아래서도 환한 세상 올려다볼 수 없는 것
뜨끈뜨끈한 방바닥도 낯설어서 발붙일 수 없다는 것
햇곡 밥 구수한 냄새로 코끝을 훌쩍이고
갑골문자처럼 쩍쩍 금이 간 손등엔
때 구정물 까만 시간만 낀다
며칠째 어둠만 내려앉은 구름 사이로

풍향계는 여전히 바람 부는 쪽으로만 돌고 있다
콜록콜록 노인의 기침소리가
요동치던 젊은 날의 생각만 납작 엎어져있다
소쿠리 안에 하얀 눈만 쌓이고
시청 앞 도로에 거북이가 고개를 숙였다가 내민다

해부

병원은 난간에 대롱대롱 매달렸다
수술대 옆 오래된 C-arm이 흐리게 서있고
쥐를 문 들고양이가 이따금 드나든다
그는 밤이 되면 피 묻은 장갑을 벗으며
램브란트 인체도를 보며 청강하였다
경추 일곱 개, 요추 다섯 개, 등뼈 열두 개의 밑그림이다
부러진 허리와 붕괴된 목뼈를
고정하는 수술법이 하나하나 기록되었다
조형작가 꿈꾸던 그가
메스로 그은 살의 초안을 가르고
뼈와 뼈를 맞춰 밤을 고정시킨 나사를 꼽을 때면
허공에서 불어오는 바람은 더 차디차다
얇아진 기억까지 낱낱이 설명한 조감도
인체 조형 하나씩 태어날 때마다 자책은 세밀했다
매번 새 주인 찾지 못한 전시장
빈 도화지에 허공을 그렸던 조감도 오차 때문일까
균형 잡지 못한 작품들 골수염 앓는 소리 끙끙거린다
모서리에 박힌 허술한 시간 핀 뽑던 날

밤새 인체도를 만드는 것은

살을 열고 고정하는 것이 아니라

밖에서 고정하는 시술 오차 범위 안에서 C-arm은 환하게 투
시하는 것

갖춰진 창작 완전한 해부를 상징하는 법

녹슨 날들 쓱쓱 닦아내고

오늘 전시장을 떠나 미술관 앞에서 아침을 볼 것이다

생쥐 몸에서 떨어진 핏물들

수술실 바닥에서 검게 마를 것이다

s-pin

두껍게 신은 안전화도
3미터 높이에서 압류되었다
골절된 살을 열어 s-pin 고정시킨 오후
뼈 뚫는 아픔보다 깁스 후 목발보행이 불편했다

아파트 현관문에 s-pin처럼 압류장이 붙었다
끌어낸 살림살이 위로 빗줄기는 사선을 긋고
목발 짚는 양팔의 중심 휘청거렸다

폭탄 부도로 붙은 압류장 발목의 예리한 높이의 흔적이다

승용차 유리에 붙은 2010 타경 3515가
쾅쾅 내 가슴에 경매번호가 덕지덕지 붙는 오후

무리한 아파트 공사의 비밀
누락된 서류에 상처를 딛고 거리를 나설 때
내줄 것 다 내준 답답함에 흘린 눈물이 사약보다 더 쓰다

발열과 발적이 심한 부종을 바라볼 때
주인을 기다리는 살림살이는 골수염을 앓았다

어둠을 앞세워 온 등기필증
내 발에 번진 골수염의 높이도
목발보행 하는 거리에서 구름은
우물 하나씩 만들어 주고 있었다

p-sin을 제거한 오늘
쪼글쪼글 가늘어진 발목에
생살은 가렵게 차오르고 있었다

* s-pin : 발목 골절시 삽입하는 의료용품.

경추 트랙션

병원 물리치료실
경추 견인 장치에 턱을 걸었다

입을 꽉 다문 처녀 삶과 죽음의 경계에 앉아
목이 지나는 신경을 늘여 빼는 중이다

제 길 잃고 움질움질 밀려난 추간판탈출증
목덜미에 흠뻑 땀이 젖도록 신경통로는 제 길을 찾아간다

길어진 목을 받쳐주는 지렛대
삶과 죽음의 턱을 걸어 끌어당기는 시간의 틈이다

미얀마 카렌족 처녀들 링 걸고 산으로 걸어간다
깊이 잠든 숲 속 제 무덤 힐끔힐끔 올려다보는 저녁

안색이 붉어졌다 누런 노을 여러 갈래로 풀려
검은 그림자는 길어졌다 작아진다

바람이 나를 몰고 너를 밀어내는 길고 짧은 경계
덫에 잡혀본 적 없는 아이들 재잘재잘 걸어오다 뒤돌아 가고

어제로 되돌아 갈 환자들이
번호표 쥐고 대기실에 앉아 뒷목을 짚어본다

브리타니 에비게일

메스를 들었다
바이올렛 분갈이가 샴쌍둥이 수술이다
분갈이 전 화분은 한 몸이었다
선천적 기형의 몸통
나란히 붙은 잎을 골라 서둘러 나눈다
몸 하나에 머리가 둘인 여자
물려받은 어둠을 솎아 아침을 본다
브리타니 에비게일 변형된 생명
생일날 탄생 웃음소리보다
시퍼렇게 뒤를 쫓는 혀끝 차는 소리가 컸다
하얀 차트에 라틴어로 기록된 수술 처방
물과 빛은 새로운 숨을 푸르게 잇고
분리된 흉터에 뿌리가 자랐다
피 묻은 두 개의 심장 제각각 싱싱하다
신생아 이름들이 새롭게 태어난 오늘
"쯔쯔" 혀끝소리 걸러지고
어둠을 골라낸 웃음소리가 소담하다
가까이 붙어 있어 빛이 닿지 못했던 샴쌍둥이 바이올렛

이름표가 제각각 열리는 봄날
말수가 늘어나듯 빠르게 늘어난 뿌리
예수님 손바닥에 대못을 뽑는다

MAKE-UP

낯선 여자 얼굴을 본다
밭이랑 같은 주름살과 거친 피부
지나온 시간이 꼼꼼히 삭고 있다
시퍼렇게 질려가는 아침
분첩 두드릴 때마다 두꺼워진 화장
흙손은 피부 여백을 말끔히 발랐다
세월은 빠르게 스며들었고
살결을 못 보고 살던 때
흐른 땀 닦아내면 결백했다
여분조차 없이 늙는 잔주름 끝
자외선 차단용 파운데이션 덧바른다
자글자글한 어제 완벽하게 감췄다
궁핍과 허기를 채우기 위해 길을 나선 얼굴
화장기 짙은 여자
감쪽같이 여백을 메운 혈색 좋다
모두가 제각각인 오늘
민낯은 더 잃을 것도 지울 것도 없다
노을의 고단한 그림자가 계단을 오른다

마감재 같은 저녁이 짙게 발려
내일은 싱싱하다

씨앗

은어 떼처럼 햇살이 반짝거리는 날
아이들은 얼굴을 마주보고 제 꿈을 옹알거리기 바쁘다

염색체가 다른 두 아기는 생일이 같았다

사내아이는 빈 우유병을 보행기 밖으로 던지고
여자아이는 어머니 유전자 한 스푼씩 받아먹는다

향기, 색깔이 제각각인 이란성 쌍둥이
젖 냄새에 이끌리는 핏줄과 핏줄은 틈이 없는 것

저 반쪽과 반쪽은 내 유전자를 묶어
무뚝뚝한 아버지 넣고 경충경충 걸어온 염색체다

젖살 통통한 아이들 콧노래가 백일홍 꽃잎처럼 흥얼거리고
햇살과 주고받은 웃음이 토실한 아침

XY염색체 아이들 핏줄이 팔자걸음으로 지나가고

엄마의 DNA가 아이들에게 지나가는 중이다

씨앗을 햇살이 간지럼을 태우고
웃음을 참지 못한 씨앗들 시험관 싹을 틔운다

혹

혹이 벌어진 틈 사이 비보호지역이 보인다
어깨끈 흘러내리는 걸 모르고 가방을 메고 걸었다

머리카락 자라는 속도로 헐거워지는 건
잠복 중인 죽음의 시간이 빠르게 진행되는 것

이쪽과 저쪽을 걸어야 할 단단한 고리
툭 떨어진 브래지어는
빙빙 겉돌던 가슴이 아래로 축축 처진다

쭈글쭈글 늘어지는 가슴을 내려다보면 불쑥 치민 건널목에
휘어진 고무나무 득달같이 달려와 해를 가리고

섬처럼 떠올랐다가 사라지는 짧은 시간이
이 길 끝과 가까워진 거리에서 시간은 붉다

브래지어 혹이 툭 떨어져
지금껏 끼워 입던 등짐을 비보호지역에 내려놓고

삶과 죽음의 이등분 된 시간 뒤에서 나는
유두화 꽃잎이 피고 지는 걸 모르는 척 살았다

어제와 오늘을 걸고 있는 혹의 몫은
태양 같은 가슴이 서녘 하늘에 노을로 늙는 저녁이 붉다

피가 통하지 않은 땅과 내 몸에 맞닿는 발바닥에서
한기를 불러내는 기운이 지릿지릿 스며든다

이제 고리를 풀어야 할 때가 된 것일까
어깨끈이 어두운 방향으로 흘러내린다

한쪽 어깨 축 처진 노인이 되어
휘청휘청 산길로 걸어가고 있다

나이는 무덤을 닮아간다

날이 가고 달이 차오르는 아침
햇살의 체온이 따스하다
나이만큼 허리를 쥐어짠 듯 등 굽은 노인
근육주사 한 대에 병원 문을 나선다

오동나무보다 가벼운 엉덩이에 주사자국
봉분처럼 부풀었고
근육 속에 번진 효과가
오늘이 뒤섞여 내일의 무덤으로 퍼진다

소라게 한 마리 집을 이고 길을 가듯
진통제 하나의 힘으로
봉분 하나 가볍게 허리에 메고 오늘을 산다

나이는 무덤을 닮아 0으로 되돌아가고
삶의 견적서도 0으로 청구된다

욱신거리는 통증이 엉덩이에 잠시 머물다가

건너편에서 윙윙거린다
끊어질 듯 넘어질 듯 길을 나서
힐끔힐끔 중앙선을 넘겨다보는 날

혼자 오래도록 시간을 다듬었던 둥근 해는
빨리 끝낼 수 없는 나이에 진통제를 찌른다

힘을 실은 바람
약효보다 먼저 온몸에 퍼질 때
노인의 주름진 이마엔
햇빛이 잠시 머물다 오후가 그늘진다

받침의 의미

시든 풍란에 물을 주다가 갑자기
준다, 뿌린다, 적신다
받침 위로 떨어진 주다, 뿌리다, 적시다, 탄생의 꿈을 생각한다

서로의 관심 속에서 싹이 트는 것일까
받침대는 시험관아기 통속처럼 하얀 풍란 한쪽을 낳고
비온 뒤 잔디밭이 더욱 푸른색을 띤 잔디를 자생한다

저마다 잊었던 계절을 되찾는 물의 기운
외도한 바람 앞에 어제를 거부하고
몸 하나 거두기 힘든 받침이 촉수를 낳았다

119 구조대 불러 소란피운 정신분열증 젊은 여자
씨받이 아닌 씨받이 시간만을 기억한 사월
시험관에 배양한 아기의 배냇짓이 한창이다

주먹을 말아 눈물을 닦아내는 봄
물속에 불려놓은 강낭콩이 햇살 아래 싹을 틔우고

흠뻑 젖은 배는 제 몸을 열고 있는 집중의 힘이 눈부시다

물을 주다, 뿌리다, 적시다로 스며든ㄴ자 받침
굳은 어둠을 불려 밝은 내일을 내민다

기억은 고인 물과 같아서
관심 뒤에서 사랑을 받아 수정한 싹은 동쪽 하늘에 반짝반짝
해를 낳은 것

ㄴ자 받침에 물이 떨어질수록 생을 탄생하는 봄
세상을 다시 키울 수 있는 힘을 갖고 있다

가을

　과수원 한가운데 컨테이너 박스 한낮의 더위가 목마르다 무 허가 소파술에 큐렛 들던 날 처마 밑에 앉았다가 일어난 자리 가 움푹 파였다 자궁벽에 착상된 태아를 낙태하기 전 허둥지둥 불안한 땅방울이 오싹하다

　그녀도 나도 흠뻑 젖은 가운이 뒤범벅이 된 구월

　풀밭을 만난 양처럼 앳된 얼굴 여고생
　안락한 잠에 빗금을 친다

　짧은 치마에 애교머리로 뿌리내린 바위틈도 한때라고
　바람 한 점 없는 정오도 능선은 둥글다고
　붉은 내막은 자궁벽을 뚫었다

　무허가 착상은 어떤 빌미도
　없어져야 한다
　사라져야 한다

나는 오늘 마이타불 앞에 천도를 한다

* 큐렛 : 산부인과 시술하기 위한 의료용 전문 수술 기구.

이팝나무

황달 든 얼굴 지나 살 내린 허리를 보고 나는 눈물을 닦았다

삼백 년 시간을 돌린 이팝나무
누명 쓴 며느리의 한
제 빛깔을 보듬고 있다

고추보다 붉은 시집살이
찬 서리꽃 하얗게 질린 생계 등고선에

흰 쌀밥 물 넘치듯 보글보글 끓던 며느리
내줄 것 다 내준 헛웃음 오둠지가 어색했다

눈물 사약보다 더 독한 치욕의 한 점
밥 한술 뜨는 것이 누명이었던 그녀 말기끈에 목매달았다

고봉밥에 돌아누울 서러움을 참아라
하얀 빛깔에 복받치는 눈물을 닦아라

달달한 소리로 타이르는 바람
이팝나무 기운, 가만가만 올라온 봄의 체온

굴레

각설이 옷 입은 남자가 리어카에서 엿을 판다 호박 엿판 조청이 응고되는 시간 단맛이 주룩주룩 녹아내린다 오일장을 돌고 돌다 되돌아온 동전이 남양 분유통에 무겁게 담겨지고 나이 찬 아들은 찌를 매단 대학문을 바라본다

중환자실 아내 삶의 끄트머리에서 바싹 마른 입술로 안개 속을 헤매고 있다 한없이 가벼워진 몸 밥 때 잃은지 오래다 쿨럭거리는 기침소리에 숨을 몰아쉬던 겨울 목숨을 담보한 알코올 냄새가 중환자실로 일반 병실로 종종거리고

전속력으로 달려든 겨울밤 겹치고 겹친 어둠이 옥탑방에 먼저 자리를 잡고 찰찰찰 가위질 한 하루를 가계부에 적으면 밤을 모르는 아들의 얼굴엔 보름달이 환히 배인다 마감뉴스 끝난 TV 앞에서 기도하는 남자 하늘에 내일을 대롱대롱 매달던 날

가끔씩 리어카도 급정거 할 때가 있다 혹한을 견딘 끄트머리 시간 너무 울어서 속이 빈 아내는 언제나 가벼웠다 가위를 번쩍 들어 하늘을 가위질 한 아침 남양 분유통에 사투리 질펀한

홍부가가 떨어지고 미끼로 굳은 조청 단맛이 리어카를 끌 때
굴레는 슬슬 움직인다 멈췄던 바퀴도 굴러갈 때가 있다

  시간의 끝물인 줄 알았던 누런 호박 바퀴를 닮은 단맛은 환하다

노파와 유모차

둥근 허리로 밀던 유모차
시장 한 귀퉁이 하루를 끌고 다닌다

떨이로 남은 푸성귀는 할머니의 짐이다

해는 휜 허리처럼 서쪽 외딴 봉우리에 반쯤 걸쳐있고
연신 말라가는 잎사귀는 덤을 거부한다

정신지체 1급 아들을 키운 팔다리에 바람 든 세월
팔다 남은 목마름이 하늘을 덮고

바퀴를 밀고 다니던 시간보다
멈춰있는 시간이 더 많은 오늘
태어났다가 돌아가는 길목에 혼자 떨이로 남았다

골질이 지탱하는 T-score 3.0의 골다공증
관절마다 삐걱삐걱 빠져나가는 소리 엉성하다

구멍 난 뼈들이 짐이 된 저녁
웃고 있는 아픔과 울고 있는 웃음이 앞니처럼 빠져나갔다

붉디붉은 노을 속으로 먼저 닳은 허리
까치밥으로 매달려 있다가 툭 떨어지는 시간

고봉밥으로 담긴 푸성귀 좌판
여러 날 뒤집어 봐도
사라진 유모차는 보이지 않는다

* T-score-3.0 : 뼈의 강도를 나타내는 수치.

밀서

삽짝 밖 탱자나무 울타리는

탱자 꽃이 온종일 지고

O다리 노인이 강아지를 끌고 뒤뚱뒤뚱 지나간다

눈물처럼 무릎에 물이 차오르나 보다

시간이 익어 하얗게 늙어가는 동안

정수리에 핀 꽃은 제 빛깔이 아니다

초저녁 석양은 하루의 마무리다

밀서를 쥐고 길 떠나는 노인

시들시들한 부종은 무덤 같다

방울소리 딸랑거리는 강아지 한 마리

꼬리를 말아 올린 뒷다리가

말굽처럼 휘어졌다

노인의 무릎도 동그랗게 휘어져 있다

∩ 교집합 다리

목적지의 삶도 능선처럼 동그랗듯

시간의 흉터도 동그랗게 휜 다리를 끌고 잘름잘름 길을 간다.

퉁퉁 부은 무릎에 클랙슨 소리 들린다.

물찬 통증을 빼는 오늘

천자는 밀서를 뽑아낸다
수액을 흔들어 시간을 빨아낸 통증
다리는 이미 무릎이 아니다.
엉금엉금 기어 다니는 강아지
어제 만든 죽음의 골대 앞에서
생을 잃은 코너킥에 맞서 하늘을 보고 짖는다

퇴화 중인 무릎 사이
반달이 뜬다.

* 천자 : 퇴행성관절염 무릎에 관절액을 주사기로 빼는 행위.

미즈프랭

한 갑의 마일드세븐과 자자모텔이 적힌 라이터를 여자가 손
에 쥐고 있다
깊이 빨아들였다가 연기를 푸-우 내뿜을 때

미즈프랭은
환각만이 나비들 무리 지어 산을 넘는 것과 같다고 말했던가

마일드세븐 한 값을 태운 니코틴
자살충동 불끈불끈 치밀던 분노가 왼쪽 가슴에 머물다가 연
기처럼 사라지는 날

산 약초 다리는 약탕기 냄새가 탁자를 덮는다

담배 한 값에 어릿어릿 중독돼
잔인한 담배를 피우는 여자 미즈프랭 손가락에 낀 담뱃재를
털고

비밀의 밤 연기를 빨아들인 입이 비틀어졌다

어제의 기침소리가 툭툭 튕겨 나오고
곰보배추, 민들레, 산죽, 선학초… 캤던 이야기를 곱씹으며
산 벌레 소리들을 뚝 끊는다

긴 밤 뜬눈으로 아침을 맞이할 때
쓰디쓴 맛을 혀끝에 느낄 때
우울증은 지각 너머 쟁쟁거린 환청 소리를 잘라낸다

말이 줄어들었던 그 여자
처방전 없이 질식된 심리를 다독이는 시간
감정기복 거둬 낸 니코틴 그래프 같은 말초신경 마비시킨다

앉아 있다가 다시 불꽃같이 일어난 봄
얼어붙은 시간을 풀고 여자와 나 사이
모든 사물들은 날개를 달고 싶어 한다

후광 後光

얼룩 얼룩 흐려진 유리창 닦다가
"봐라봐라,"
"빡빡 문때봐라."
할머니 말 속에 환한 빛을 생각한다
문을 떼어내거나, 닦거나, 문지르면
반은 어둠이고 반이 빛이었던 내가
환해지듯
반짝반짝 광光을 틔운 사투리
다시 태어난 세상 밝히는 힘이 있다

제4부

냄새를 수리한 저녁

감리사의 저녁

귓바퀴에 담배를 끼고
냅다 귀퉁이로 달려 담뱃불을 붙인다
담배를 피우고 싶은 중독
남자를 몰고 다니는 니코틴의 채찍이다
조감도 펼쳐놓고 읽을 수 없는 환각
해는 반대쪽 그늘로 길게 늘어지고
어둠의 밑그림 바람결에 흔들거린다
더원, 디스, 디스플러스, 라일락, 마일드세븐
이름들이 헛소리로 튀어 오르고
굴뚝 입술 검은 연기를 밀어올린 기억이
이쪽저쪽 귀퉁이로 끓고 다닌 코뚜레다
한때 경찰 출신이라고 다리에 힘 빵빵히 올린 감리사
내가 지은 집이 수십 채라고
수전증 시작되기 전 한 개비 피우는 일
처방전 없이 스스로 심리치료 하는 것
입술을 빼고 필터까지 태운 오후
연기를 삼켰다가 내뱉는 자격증이
급히 삶과 쉽게 타협해서 안 되는 환각 속 스스로의 치료법

인 것

　기억의 일탈에 쾌감을 이뤄

　검게 그을린 하늘에 환한 해가 뜬다

　공사장 귀퉁이에 몰래 피우다 버린 꽁초

　감리사 입술이 초승달처럼 둥둥 터오른다

냄새를 수리한 저녁

산자락 끝으로 밀린 두 평 남짓한 점포, 출입문은 열린 시간
보다 닫힌 시간이 더 많다 장애자용 이륜자동차로 출근해서 달
과 함께 퇴근한 노인의 하루가 공구통엔 달이 들어가 달그럭
거린다 배관 수리공 이름은 뚫어 뻥이다 헐떡헐떡 달려도 지각
을 일삼는 장애자 길목 터주는 동네 겨울 그림이다 어둠은 검
은 찌꺼기처럼 그의 나이를 덮는다 어둑어둑한 오후 6시 뚫어
뻥이다

해지는 노을처럼 허리가 둥글게 비틀어진다 자글자글한 얼
굴 밑줄 짙은 주름 시말서 같다 섣달 밤바람에 목덜미가 한기
든 시말서 변기, 하수구, 세면기, 배관 시간과 공간이 돌돌 뭉
쳐 제자리에 꽁꽁 얼고 겨울에 묵은 흔적들을 다른 비밀번호가
얼음을 녹이던 날 핸드폰 통화음이 동네 겨울을 뚫었다 통화목
록에 새 번호로 수정된 시말서 노인의 답답한 이마보다 마음이
먼저 뻥 뚫릴 것이다 장애자용 이륜자동차 공구통이 닫혔다가
열린다 "변기나 화장실 하수구나 배관을 뚫어요." 거리를 외친
확성기가 노인의 오물대신 그의 하루를 뚫고 시궁창 냄새를 수
리한 저녁 밑그림이 거뭇거뭇한 시간쯤이다 꽁꽁 얼었던 부스
러기들이 꽐꽐 내려간다 노인의 먹이를 뚫는 목구멍소리 어제

의 하수구보다 빨리 삼키고 싶었을 노인, 하루의 구린내가 쓸
어내리고 지하 셋방 할딱거리는 노모 숨소리가 아직 빠져나오
지 못한 겨울 속잠을 잔다

　노인에게는 아직 수리할 저녁이 있다

물이 운다

삼각주에 다다른 햇살이 좁은 골목에 걸린다
태양을 중심으로 지구가 돌 때
내 등뼈에 기댄 지구도 저문다

동쪽 산등성이에 식은 해는 반쯤 걸쳐져 있고
건너편 마을에 달이 뜨던 날

궤도 따라 밤낮이 바뀌는 달은 아침에 떨어진다 얼음 녹는
비밀 속으로 열대지역과 한랭지역은 털옷을 입고 벗었다 말은
사라지고 몸짓이 살아났다 얼음과 물이 뒤섞인 파도는 삼각주
를 만들고 달은 수시로 몸을 바꿔 삼각주를 몰아냈다

좁은 골목에 빙빙 돌아 넘어져
물은 철썩철썩 운다

궤도가 뒤섞고 간 말과 울음, 끌 수도 켤 수도 없는 별과 해
는 내 어깨를 휘감는다 다시 호리병 같은 강을 건너 중심지에
서 멀리 떨어진 나를 찾는다

저녁 밥 때 맞춰 서쪽 마을에

해죽해죽 동쪽 해가 뜬다

저수지

왜가리 한 마리 푸드덕 날아간 뒤
물속 비친 수양버들 그림자가 흔들리고
참붕어도 잠시 꼬리를 흔든다

저 깊은 곳이 고요해지면 천천히 나무도 우중충해진다

손발이 팔자로 뒤틀린 발작을 참으며
참붕어 팔딱거리는 꼬리만 봐도
하늘로 날아간 왜가리를 기억하는 눈치다

날름거리는 혓바닥을 닫고
명치끝이 짜개질 듯 콩닥거리는 기억
나무는 조금씩 팔짱 낀 거리를 지우고 있다

출렁거린 물
또 다른 깃무늬 같아서
사라진 너를 공들였던 시간만큼 눈물은 어금니를 갈았다

가늠 못한 생각 위로 사라진 모둠발
언제나 머릿속 불구의 두통은 뇌척수를 흔들었다

흔들린다는 것 부채꼴 같은 물이랑이 만들어진다는 것

고랑고랑 빈자리에 상한 마음들 잠잠해지는 날
삐쩍 마른 별빛과 주고받은 말 따라
어둠은 빛의 싹을 틔우고 있다

우듬지 위로 돈은 전갈자리 염소자리
빗살무늬 물결이 출렁거린 밤

떠난 얼굴 하나를 흔들어본다
해지는 쪽으로 별빛은 쏟아진다

학

놀이터 귀퉁이에 목발 한 짝이 서있다

건너편 강둑에 한쪽 다리를 들고 선 학
서서 버티고 있다

지구 자전이 빠르게 돌고 있는 시간
헤맬 만큼 헤매다가도 평생 중심인 목발

잃어버린 어머니 축의 발자국마다
내가 나를 버리고 내가 나를 붙잡고 선다

붉은 노을 서쪽 능선 위로 시뻘겋게 내려앉은 저녁 무렵
한 시간 남짓 놀이터에서 놀다가 집으로 돌아오던 길

내 척추는 골목 한가운데서 힘껏
어둠을 가득 채우며 환해졌다

어머니 손을 붙잡고 까불거린 세 살 작은 눈

어둠은 더욱 골똘히 어둠을 밀어냈다

절뚝발이 등을 떠밀며 빙빙 도는 자전
지구가 돌아가는 험상궂은 시간들은 가을을 잘라냈다

퉁퉁 부은 상처 위 시퍼런 멍
해마다 툭툭 불거진 발자국을 쓸어 내 머리를 스쳐 뒤뚱뒤뚱
지나간다

오차를 비켜선 목발의 중심
나를 지탱하는 한쪽 다리의 몫은 축이다

스스로 중심을 잡는 사람은 넘어지지 않는 법

좌우로 축을 세우는 학 다리
예상치 않게 출몰한 바람 앞에 생풀도 당당하다

모퉁이를 돌며 놀이터를 볼 때마다 중심 없는 그네가
지구본 밖에서 휘청휘청 포물선을 긋는 저녁을 본다

바퀴에 관하여

꼽추의 등은 바퀴처럼 동그랗다

유모차 가득 담긴 재활용 고철들이 꼽추처럼 불룩하고
밤새 내린 빗물은 짙은 어둠을 쓸어갔다

오르막을 올라가는 둥근 등짝들이 모여
저마다 보호색이 아름답다

둥근 모형은 오므린 자국을 감추고
유모차가 휘청휘청 흔들릴 때마다
꼽추의 야윈 어깨가 함께 휘청거린다

언제부터 시간은 구부정한 원을 만들었을까
투명하기만 했던 빗물들 꼽추 등에 한 번 더 걸러지던 날

둥글게 휘어진 모퉁이가 길들을 보듬듯
꼽추의 등은 점점 바퀴를 닮아간다

유모차에 실린 삶의 무게가
갈래 길을 한길로 만드는 한낮

가슴에 품은 햇살은 중심을 잡고 올 것이다

가장 힘겨운 시간에 삶의 자취를 그린 정오
바퀴는 스스로 내려갈 준비를 한다

더디게 올라온 정상에서
언제나 바퀴는 꼽추의 등을 붙잡는다

호흡

콧등이 멍들고 코피가 흘렀다 공 맞을 때보다 붉은 피가 더 겁났다 표 없이 부러진 코뼈보다 화장지를 틀어막은 코가 더 숨쉬기 불편했다

콧구멍만한 집 하나가 전부였다 뼈에 금이 가듯 아버지 사업도 금이 갔다 경매로 대문 틀어막을 때도 그랬다 지하 달세방에 가족들이 가둬지고 집으로 가는 계단은 내려갈수록 어두웠다 오늘을 저당 잡힌 가장의 코뼈가 부러져 거친 숨 몰아쉴 때 겉으로 보인 부종이 더 불편했다 화장지를 틀어막은 코 세상에 고개를 숙이는 일 답답했다

자동차 기름 줄줄 흐르는 생피 같은 물
흘러내린 만큼 시간도 갈증이 났다
입으로 숨 쉰 시간 갑갑증이 났다

꽉, 틀어 막힌 뚜껑 열고 화장지 들춰 깊은 숨을 내쉴 때 지하방에 살고 있는 가족들 눈물이 붉게 흐르던 날

유치권자 가방에 집문서가 들어갔다 기죽은 강아지 세상에
꼬리 감추고 다녔다 어쩌다 고개 세워 하늘을 보면 화장지는
더 하얗게 표를 낸다 아직도 화장지는 피에 젖어있다 금 간 코
뼈에 진이 나온다 피 딱지에 막힌 응어리를 뽑았다 가슴까지
트인다 불규칙했던 호흡이 1분에 18회 고르게 진정된다 아직
도 자꾸 근질근질 손이 간다

명궁

왜가리 한 마리
하늘을 빙빙 돌다가 호수에 눈이 꽂힌다

활궁 모양으로 내 뒤통수를 휙휙 낚아챈다

먹이를 사로잡는 저 부리의 힘
날개의 깃털까지도
싸움의 활시위 팽팽한 긴장이다

푸드덕푸드덕 날갯짓하자
호수도 덩달아 파르르 떨고
잠잠한 시간의 맥을 뚝 끊었다

살짝 물 위를 스쳐온 여름 해거름 녘
왜가리는 활이 되어 훨훨 하늘을 날고 있다

노랑 빛 화살촉 꼼꼼히 날리는 지금
수북해지는 울음

화살촉이 적중한 어둠을 쩍 가른다

오늘 내 정수리에 마침표가 찍혔다
이마부터 쭉 그어진 가르마 끝
흉터로 남은 치욕의 정점

가마 하나

깃털 한줌 뽑듯 나직한 생땀 냄새 적시며
허공의 중심으로 활이 날아갔다

부채와 망고

망고 즙이 묻은
망고 향이 묻은 바구니에
파리 떼들 모여든 여름날

부채를 들고 있던 가게 주인은
파리를 이리저리 쫓고
달아났던 파리들은 이내
과즙 묻은 바구니에 날아와 앉는다

열대 과일 뭉개지듯 퉁퉁 부은 발가락
슬리퍼 밖으로 나와 있고
얼굴에 주근깨가 파리똥처럼 가득한 한낮

지구촌 미얀마 샨족 망고는
  빈 배를 채우는 하루 영수증과 거슬러 받은 동전 몇 닢이 한
끼 식사다

  손발을 비벼 과즙을 빠는 것은

파리도 빈 배를 채우는 오늘 하루 먹이 같은 것

파리 한 마리 과즙 같은 발가락을 빨아먹고
달아났던 파리 떼들도 발등 위로 날아든다

발가락 사이에 낀 이물질도
통치마 밑으로 물러버린 상처도
닦아낼 줄 모르는 미얀마 샨족인의 삶
햇빛 속 망고는 푸른색에서 노란색으로 이동하는 빛

쏟아지는 햇빛에 과일가게 대들보가 휘청거린다
빛을 향해 들끓은 삶의 애착 한낮 점심이 까맣게 타오른다

과일가게 주인의 슬리퍼 한 짝을 벗고
부채를 들어 뜨거워진 발가락을 식히고 있다

굿

새들은 공중에서 작두를 탄다
바람에 흔들린 나뭇가지가 그들의 산신각이다

하얀 깃털에 고깔모자 쓰고
사라진 시간을 팽팽히 당기고 있다

뛰지 않으면 무당이 아닌 듯 푸닥거리는 날갯짓
유성처럼 떠돌던 슬픔을 털고
탄생의 궤도에 올라앉으면
할머니와 나 사이 우주가 열린다고 목소리로 돌아왔다

죽은 이의 능청스런 살풀이 그녀 발걸음이 닮았다
하늘과 땅의 시간이 맞물릴 접신
어둠을 밝힌 촛불 그늘 한 점 없다

쟁쟁쟁 꽹과리 새벽을 부른다
시퍼렇게 뒤를 따르던 기억
접신이 풀린 뒤

어둠과 빛이 뒤섞인 태양 궤도 안에서 떠올랐다

만장처럼 나부낀 어릴 적 시간
왜소한 몸으로 발버둥 쳤던 그녀의 목소리로 새들은 지저귄다

탄생과 죽음의 굿판
스스로 길을 내고
스스로 길을 지운다

나뭇가지에 앉았다 사라진 새들
어디에도 없는 우주 속 할머니 궤도를 수정한다

서풍바람 불어온다

담배꽁초 비벼 끄고
누런 얼굴의 사내가 트럭에 앉아 주스를 간다

더 이상 올라갈 수 없는 산동네
알타이 사막을 떠돌 듯 또 쫓겨 가야 할 재개발 공약, 말초신
경이 날카롭다

소라게 한 마리 허름한 집 한 채 등에 지고 엉금엉금 기어가
는 오후
집을 내려 놓아야 한다. 서풍바람이 불고 있다

붉은 토마토 한 알이 한 끼의 생계를 간다 올망졸망한 식구
가 갈리는 속도가 동그랗다 한 잔의 생과일주스를 사내의 먹이
로 부어주는 여름, 믹서기 속 과일보다 더 밝아지고 싶은 사내,
플라스틱 통이 무거워지면 얼굴이 어두워지고 그림자만 땅을
짚은 시간만큼 어둡게 눕는다

단맛 배인 세상 머물고 싶은 자리가 이리 뱅글 저리 뱅글 돌

아다니는 시간
　　과일 대신 그의 하루에 시간의 얼음을 살짝 넣고 돌린다

　　토마토보다 먼저 붉어진 꽃이 더 밝아지던 날
　　굴러만 다니는 타이어가 제자리에 옮겨지고 햇빛에 닿은 과
일이 붉다

　　서풍바람 시원하다
　　아무도 보지 못한 모자 밑으로

귤

껍질을 반쯤 벗은 귤이 접시 위에 앉아있다
입안에 침이 고인다

태양계의 혀에도 침이 고이는 걸까

잘 익은 귤을 줄줄 벗기는 오늘
손끝에 귤의 침이 묻어나고
새콤달콤 혀끝에 닿은 유기산에스테르의 맛은 해를 만난다

사과, 배, 감을 반쯤 돌려 깎은 과일
높은 태양계를 접시에 올리는 아침이 환하다

맛 봉오리 둥근 해를 보고
감기 끝에 해바라기 꽃잎이 말라비틀어질 때

나는 그 태양계 아래로 뚜벅뚜벅 걸어간다

내 몸에 비타민이 흡수되는 남서풍이 불면

오한과 발열에 떨던 입안에 침이 가득 돌고

혀끝에 우뚝 뜬 태양 중심 따라 귤은 되새김질 한다

반쯤 껍질을 내려 깎은 과일만 보면
접시에 올려놓거나 맛을 보고 싶어진다

모양에 따라 태양계도 접시 위에 뜬다

날마다 하늘을 깎은 과즙을 받아먹고
둥근 태양계는 침이 고일수록 핏기가 밝다

밝은 눈으로 빛이 지나가는 시간을 보며
해의 침을 받아먹고 나는 하루를 산다

과일가게는 아직도 한낮이다

반지하 달세방

깜박깜박 형광등 검은 한숨이 벽을 치고
타들어간 그림자가 거미줄처럼 금간 벽을 두드린다
GS 주유소 반지하 달세방
좁은 계단을 내려가면
밤낮 없이 어둠에 찌든 한 여자가
먹이 기다리는 거미처럼 로또를 모으고
손가락 하나, 둘, 셋 꼽아 가락지에 새길 글자만 떠올렸다
동글동글한 담배연기 뻐끔거리는 하늘
그늘이 환할수록 어둠이 더 깊어지는 내일이다
줄줄 금간 벽은 까만 기다림이 손톱을 드러내고
그림자에 깊게 가려진 시간
내일을 맞출 수 없는 숫자들만 가득하다
일요일이면 당첨번호에 작두질하던 반지하 달세방
햇볕을 쬐지 못한 벽 지금도 무너질 것 같은 번호를 기억하
는가
처음 맛본 분진 맛을 기억하는 한숨 뒤척이다가
푸른 이끼들 검은 웅어리로 자랐다
타지 않을 삶을 구걸하는 바람

창문을 가로질러 방안을 쬐고

　시간에 엇갈린 로또복권이 벌레 먹은 나뭇잎처럼 굴러다닌
저녁

　밑줄 친 여자의 삶을 재연이라도 하듯

　거미는 대롱대롱 목을 매달고 있었다

소식

핸드폰에 대롱대롱 매달린 고래

작은 지느러미로 방파제 넘어 내게 왔다

설날 아침 소식을 물고 온 까치처럼

잠을 벨이 먼저 깨우고

불쑥 출몰한 동해 바다

해를 물고 내일을 전한다

스스로 깜짝 소식 고집한 고래

물살 가르는 몸짓

뚜렷한 하늘에 바다가 펼쳐진다

긴 밤과 긴 낮 사이로

힘찬 꼬리의 시간을 당겨

환한 세상 보이겠다고

햇살 아래 반짝이는 금빛 비늘이

바다 무게를 이기고

흔들흔들 하늘을 날고 있는 봄

기원과 타자를 결속하는 따뜻한 성정의 시학

유성호

문학평론가 · 한양대 국문과 교수

1.

대체로 서정시는 시인 자신의 경험을 섬세하게 재현하고 그 빛나는 순간을 항구화하려는 욕망을 편재적으로 가진다. 나아가 우리의 삶을 깊이의 차원에서 증언하는 서정시 한 편 한 편은, 우리의 삶이 선형적으로 진행되는 것이 아니라 그러한 표지 標識들을 한편으로는 감싸 안고 한편으로는 위반하면서 나아가는 것임을 선연하게 보여준다. 물론 이러한 고전적 직능은 서정시 특유의 원리라고 할 수 있는 '기억'의 작용을 통해 이루어진다. 아닌 게 아니라 우리는 깊이 있고 심미적인 기억을 통해 오랫동안 상실해온 삶의 지표들을 회복하고 한 시대의 불모성을 넘어서는 미학적 경험을 가지게 된다. 우리가 읽게 될 김하경 시편은 이러한 고전적 열망과 미학적 경험 속에서 매우 중요한 삶의 순간순간들을 찾아내는 '기억의 현상학'을 아름답게 보여주는 실례로 다가온다. 우리는 그 안에서 매우 절실하고도 선명한 존재 확인의 순간을 만나게 되고, 그 순간에 담긴 삶의 비의秘義를 직관하면서 흔치 않은 정신적 고양을 경험하게 된다. 그리고 이러한 경험은 우리로 하여금 존재 전환의 활력과 함께 삶을 견디고 치유하는 실존적 자각의 계기를 가지게끔 해준다.

좀 더 소상하게 말하면 김하경의 시세계는, 지나간 날들의 서사와 현재적 이미지를 개개 시편마다 정성스럽고 내밀하게 결속시킴으로써, '시간 예술'로서의 시의 존재론을 선명하게 입증해 간다. 그녀는 자신의 성장사에 깊이 내장된 기억들을 하나하나 재구再構하는 한편, '지금 여기'에 주어진 삶의 국면들을 충실하게 받아들이는 이중의 작업을 수행한다. 그런가 하면 섬세한 지각 형식을 통해 사물의 외관과 내질을 드러내고, 그것을 삶의 양도할 수 없는 기율로 치환해내는 상상력을 일관되게 보여준다. 이 모든 것이 김하경만의 시적 내공과 오래 축적된 시간을 증언하는 사례일 것이다. 그 내공과 시간을 통해 그녀는 비명과 화농의 세월에 대한 기억을 넘어서면서, 의식의 밑바닥까지 가보려는 시적 집념과 열망을 보여주는 것이다. 그리고 우리는 이를 통해 그녀의 깊은 존재론적 기원origin과 만나게 되고, 나아가 자신을 둘러싸고 있는 타자들을 발견해가는 그녀의 따뜻한 성정을 만나볼 수 있을 것이다. 이제 그 개성적인 세계 안으로 들어가 보도록 하자.

2.

먼저 김하경 시편은 일종의 '자기 기원'을 찾아나서는 데 집중
되고 있다. 일반적으로 서정시의 시간 탐구적 속성은, 시인으로
하여금 시적 체험으로서의 '기억'과 '꿈'을 가지게끔 한다. 이때
서정시는 인간을 어떤 존재론적 기원으로 그리고 궁극의 본향으
로 데려다주는데, 우리는 김하경 시편이 구축하는 심미적 조형
가운데 하나가 바로 이러한 기원으로서의 '시간(성)'에 몰두하고
있다는 데 깊이 상도想到하게 된다. 생의 뒤안길로 사라져버린
지난 시간들을 응시하고 반추하는 입장에서 보면, 이러한 지향
은 가장 소중한 자기 탐구의 방식이 될 것이다. 물론 이러한 응
시와 반추는 진솔한 자기표현을 거칠 때만 그 진정성이 드러나
게 마련이고, 성찰의 깊이와 표현의 진정성이 결합될 때 시를 읽
는 이들의 공감은 비례하여 커져갈 수밖에 없을 것이다. 김하경
시편은 이러한 자기 기원에 대한 기억을 진정성 있는 심미적 이
미지로 드러냄으로써, 충일한 의미의 시간을 되돌리려는 '기억'
의 원리를 충실하게 구현한다. 다음 인용하는 시편은 그러한 '기
억'이 얼마나 선명한 것인가를 뚜렷하게 보여주는데, 우리는 이
시편을 따라 지난 시간의 흐름 속에 농울 치는 선연한 흔적과 만
나게 된다.

아버지는 상이용사였다

6.25 참전 때 철원에서 한쪽 다리를 잃었다
댕강 떨어져나간 한쪽 다리
오남매 배는 늘 허전하게 채워졌고
의족 끼운 아버지 한쪽 엉덩이가 보름달처럼 부풀었다

왼쪽 발바닥이 평발인 나도
오른쪽 발바닥에 힘을 주며 길을 걷는다
물집이 생길 때마다
왼쪽 발은 땅 딛기가 거북하였다
평평했던 발바닥 군은살이 튕겨 나오면서
뼛속에 숨은 삶의 걸음걸이도 뒤틀렸다

절뚝절뚝 뒤틀릴 때 오른쪽 엉덩이가 왼쪽으로 낮아진다

발 한번 담그지 못한 의족
아버지 다리를 닮은 강줄기 따라
피라미가 지나다니는 물길에 어머니와 나란히 뿌리셨다
막 목욕을 끝낸 딸아이 발처럼
신지 못한 하얀 신발 아래
보름달 밝음까지 낮아진 밤, 왼쪽 시간이 출렁출렁 흐른다

무덤 속 어둠보다 밝은 강 속에 누운 겨울
집으로 귀가한 보름달의 한쪽 다리는 언제나 절뚝거렸다
살색 의족이 검버섯처럼 변한 시간
가운데를 비웠던 어머니는
아버지 의족을 살짝 벗기시는지

바람이 흔드는 물결을 들추는 물고기가
푸드득 푸드득 꼬리를 흔들며
강물 속 안부를 전한다

— 「달의 법칙」 전문

이 시편의 첫 행은 저 유명한 서정주의 "애비는 종이었다." 「자화상」의 확연한 변주로 받아들여진다. 물론 미당은 자신의 가계家系를 저주받은 형상으로 그리기 위해 '종'이라는 은유를 빌려왔지만, 김하경은 "6.25 참전 때 철원에서 한쪽 다리를" 잃은 아버지를 채록함으로써 자기 기원에 대한 기억의 사실성을 한결 높이고 있다. 아버지는 "떨어져나간 한쪽 다리"와 함께 "한쪽 엉덩이가 보름달처럼" 부푼 기억을 남기셨다. 여기서 우리는 시인의 트라우마가 '아버지의 상이傷痍'와 '오남매의 허기'를 통해 형성되었고 또 그것은 불구의 기억 속에서 그녀의 성장과 함께했음을 알게 된다. 가령 "아버지 도박 빚 대문에 딱지로 붙는 날"「엄나무 식당」이나 "고랑고랑 밭갈이 한 얼굴 아버지 밑줄 친 삶이 짙다", "허리가 비틀어진 아버지를 닮아/내 손금에도 밑줄이 많다" 이상 「밑줄」 같은 기억들은 이러한 아버지로 인한 불우한 세목을 상세하게 부가한다. 그러한 기억들은 이내 "왼쪽 발바닥이 평발"이었던 시인 자신의 생애로 이어지는데, 그것은 "뼛속에 숨은 삶의 걸음걸이"로 전이되어 시인 자신의 뒤틀려온 생애를 환기하게 된다. 이처럼 "절뚝절뚝 뒤틀릴 때 오른쪽 엉덩이가 왼쪽으로 낮아진" 기억은 의족의 삶을 지나오신 아버지를 떠올리게 한다. 그때마다 시인은 "왼쪽 시간"이 출렁거리는 감각 속에서, 어쩌면 차면 기울고 기울면 차는 '달의 법칙'처럼, "무덤 속 어둠보다 밝은 강 속에 누운" 시간들이 강줄기처럼 이어져온 것을 생각한다. 그렇게 "살색 의족이 검버섯처럼 변한 시간"을 따라 시인 김하경의 생애는 가파르게 이어져온 것이다. 일찍이 시의 시간이야말로 가장 오래되고 원초적인 시간이라고 한 파스O. Paz의 말처럼, 이는 오랜 시간 속에서 자신의 원형적 기억을 추스르려는 시인의 욕망을 전형적으로 반영하는 모습이 아닐 수 없다. 그래서 이 시편은 김하경만의 자기 기원을 상처와 성장이라는 이중주로 보여주는 것이다. 마치 '달의 법칙'처럼 말이다. 다음 작품은 어떠한가?

천장에 매달린 검은 등껍질이 눈부시다
탈피란 죽었다가 다시 태어나는 것인가

내가 어머니를 탈피했듯
껍질을 벗은 거미는 더 큰 몸으로 거미줄을 잇고 있다

새끼는 어미의 껍데기를 보고 자란다
눈먼 사랑도 두루두루 살펴보면 나에게는 꽉 찬 생들뿐이다

어머니를 대롱대롱 매달아 놓은 초상화
할아버지 위패를 받들듯 처마 밑에 사진을 모신다

몸을 비워가며 생을 잇고 또 잇는 어미 등 뒤에서
꿈틀꿈틀 젖먹이 새끼들을 햇살이 둘러싼다

살아서도 가볍기만 했던 짧고 긴 역사에 빛을 보내는 오후
손금거미줄이 울타리가 되었던 거미 앞에 나는 서있다

해와 구름 사이에 쉼 없이 바뀌는 탄생
껍질을 벗고 또 다른 삶을 이어가는 그것은 내 탈피다

바람소리도 둥글던 날 딸아이 울음소리가 들린다
죽었다가 태어난 거미가 흐린 눈을 닦아준다

　　　　　　　　　　　　　　　　　　 —「생일」 전문

　　원래 '생일'이란 자기 기원의 한 시점始點일 것이다. 하지만 시
인에게 '생일'은 자신의 삶을 새로 보게 하는 시점視點을 가져다
준다. 그것은 자기 기원을 알리는 정지된 지점이 아니라, 지나온
시간으로부터의 탈피脫皮를 가능케 하는 상징 제의와도 같은 것
이기 때문이다. 시인은 '생일'의 생성적 함의를 천장에 눈부시게
매달린 거미의 "검은 등껍질"에서 찾아낸다. 사실 껍질을 벗는
'탈피'란, 죽었다가 다시 태어나는 것이지 않은가. 마치 시인이
어머니라는 껍질을 벗어난 것처럼, 거미도 "더 큰 몸으로 거미
줄"을 이으면서 자신의 새로운 존재 생성을 수행하고 있는 것이
다. 하지만 역설적으로 새끼는 어미의 껍데기를 보고 자라는 법,
시인은 자신에게 찾아왔던 "꽉 찬 생들"을 뒤로 하면서 어머니를

오롯한 '기억' 속에 모신다. 어쩌면 "몸을 비워가며 생을 잇고 또 잇는 어미"는 새끼들을 이렇게 탈피하게끔 울타리가 되어주었던 것이 아닌가. 그 거미 앞에서 시인은 "해와 구름 사이에 쉼 없이 바뀌는 탄생"의 비의秘義 곧 "껍질을 벗고 또 다른 삶을 이어가는" 탈피의 과정을 차츰 자각해간다. 딸아이의 울음소리가 들렸을 때, 우리는 그 탈피의 과정이 세대를 이으면서 지속적으로 전해져갈 것임을 예감하지 않는가.

이 시편들을 통해 김하경은 어떤 존재론적 기원과 하나 되는 느낌, 아버지나 어머니의 육체가 자신의 육신과 겹쳐 보이는 경험 등을 보여준다. 그녀 시편은 이러한 이중의 간접화를 도모하면서 시적 언어의 투명성과 중층성을 동시에 꾀한다. 오랜 시간의 흐름 사이로 보이는 아버지와 어머니라는 기원을 통해 자기 자신을 탐구하고, 감춤과 보여줌의 사이를 통해 시간성의 깊이를 일관되게 암시한다. 여기서는 일종의 서사적 이미지들이 김하경 시편의 주요 구성 요소가 되고 있는데, 그 이미지들은 어느새 시인 스스로의 현재형에 가 닿게 된다. 이처럼 김하경은 자신의 첫 시집에서 존재론적 자기 기원에 대하여 처연하지만 선명하고도 정성스러운 탐구를 보여주면서, 시인으로서 가질 법한자기 인식의 서사적 계기를 충실하게 만들어간다. 그것은 더러는 고통의 기원을 받아들이는 것이고, 한편으로는 숨겨진 삶의 원형질을 찾아가는 것이고, 다른 한편으로는 새로운 존재 갱신의 시간을 만들어가는 것일 터이다. 힘겹게 재현되고는 있지만,

그녀 시편에서 빛을 뿌리는 아름다운 기억들이 아닐 수 없다.

3.

　김하경 시편에 나타나는 이러한 자기 기원의 시학은, 시간을
역류하면서 일종의 '시원始原'을 찾아가는 여정으로도 이어진다.
우리가 잘 알듯이 '시간'이란 누구에게나 공평하게 주어진 객관
적 실체가 아니라, 주체의 몸속에 지속되는 일종의 흐름으로만
경험되는 주관적 실체이다. 그래서 사람들은 저마다 자신만의
고유한 시간 경험을 가지게 되며, 그것은 주체가 처한 역사적이
고 실존적인 정황에 의해 끊임없이 현재화된다. 김하경은 자신
의 몸속에 새겨진 여러 흔적을 통해 시간의 불가역성不可逆性을
넘어서려는 상상적 모험을 보여주는데, 그 가운데 가장 역동적
인 순간은 이미 소멸해버린 것들을 통해 또 다른 존재 생성을 희
원하는 꿈의 시간일 것이다. 그 꿈을 통해 그녀는 현실에서는 불
가능한 존재 전환의 의식과 지향을 보여줌으로써, 첨예한 시원
의 형상에 가 닿는다.

　　꿩을 다루는 주인 창을 던지듯 칼을 흔든다

　　고구려 왕릉에서 발굴된 예맥 족들이
　　쌩쌩 불어오는 바람과 맞서 벽화 속에서 말타기 즐겼다

우거진 숲 속 분주하게 달렸던 광개토대왕
달아나는 새의 날갯짓 힘보다
앞을 겨눈 시간들 창은 적들의 전략 앞에 빠르게 꽂힌다

사라진 고구려의 삶
짐승을 쫓는 눈빛이 햇살 아래 반짝인다

엉덩이를 들고 말을 달리던 왕
흙속에 묻힌 지금
힘껏 던진 창살 여전히 심장에 번쩍거리고
꿩을 적중한 도마 위는 말발굽 소리가 요란하다

북면 우주 꿩 요리 식당 주방
벽화 속 왕의 사냥터로 핏물이 흥건하다

날마다 하늘로 도망쳐야 할 꿩
지난날 나의 힘이라면
앞만 겨눈 사냥의 힘
산속에 흩어진 삼족오 피가 칼도마 위에 벽화로 물들었다

다다다다 도마 위의 칼소리 산등성이를 휘어잡고
피를 물끄러미 바라보던 내가 식당을 나온다
                                          ―「도마 속의 삼족오三足烏」 전문

 이 작품은 "사라진 고구려의 삶"이라는 시공간을 상상적으로

재현하면서, 그 흔적을 식당의 도마에서 경험하고 있는 이색적 시편이다. 도마에서 칼을 흔드는 모습은 마치 고구려 왕릉 벽화나 광개토대왕이 겨누었을 창처럼 반짝이는 순간을 동반하면서 빠르게 시인의 감각 속에 꽂힌다. 그 "고구려의 삶"은 이제 흙속에 묻혀 있을 뿐이지만, 시인으로서는 여전히 번쩍거리는 창살을 기억해내면서 말발굽 소리가 요란한 도마를 응시하는 것이다. 이 상상적 오버랩 속에서 시인은 "북면 우주 꿩 요리 식당 주방"을 바라보고, "산속에 흩어진 삼족오 피가 칼도마 위에 벽화로" 물들어가는 장엄한 상상적 전이 과정을 수반하게 된다. 마침내 시인은 "도마 위의 칼 소리"가 산등성이를 휘어잡은 채 흘리는 '피'를 바라보다가, 그 식당을 나옴으로써 현실로 빠르게 귀환한다. '핏물' 이미지를 매개로 하는 '시원'과 '현실'의 교차와 대위對位, 그리고 현실로의 귀환 과정이 시인이 자기 기원의 극점을 시원의 형상으로 몰아간 사례로 다가오는 것이다. 결국 시원이란 막연히 먼 과거가 아니라, 자기 자신의 존재론적 연속성을 구축한 시점始點이요, 지금도 면면히 핏속에 흐르고 있는 동일성의 형질인 셈이다. 다음 작품도 시공간의 스케일을 최대한 넓혀 그러한 시원의 축도縮圖를 그리고자 한 미학적 결실일 것이다.

안데스 산맥 유아이코에서 15살 소녀가 발견됐다
무릎에 양손을 얹고 머리를 떨어뜨린 채 썩지 않았다

초침과 분침을 비우며 얼마나 기다렸는지

500년 전 미라가 잠든 채 앉았다

지상에서 사라진 시간이 거꾸로 달리는 날
신에게 받쳐진 잉카제국 인신공양
가장 건조한 사막을 며칠간 걸어 당도한 얼음 무덤

심장의 붉은 피 여전히 선홍빛으로 남아있고
치마를 쥐어야 했던 오른손 발버둥 친 눈물 자국 홍건하다

산꼭대기 얼음관 속에서 까맣게 뒤를 쫓는 시간
소녀와 시간은 멀찌감치 떨어져 반대방향으로 흘렀다

해와 구름이 쉼 없이 바뀌는 마른 초원
작천정에 변형된 도깨비 도로
내리막길을 걸어 오르막길에 오르고

오르막길을 걸으면 내리막길로 내려간다

사막에서 굶주렸던 소녀
하늘이 휘고 빛이 휘는 봉분 속 등골이 오싹하다

— 「얼음소녀」 전문

안데스산맥 어디선가 발견된 열다섯 살 소녀의 시신은, 오백
년이라는 오랜 시간을 지났는데도 썩지 않은 채로 있다. 마치 잠
들어 있는 듯한 소녀는 바로 그 순간 "지상에서 사라진 시간"을

새롭게 불러오는 시간의 영매靈媒가 된다. 그 소녀는 아마도 "신에게 바쳐진 잉카제국 인신공양"이었을 것이다. 그래서 시인은 건조한 사막을 지나 있는 그 "얼음무덤"에는 여전히 그 소녀가 가졌을 심장의 붉은 피와 눈물 자국이 여전히 흥건한 것을 발견한다. 그리고 "산꼭대기 얼음관 속에서 까맣게 뒤를 쫓는 시간"의 반대편으로 흘러온 소녀의 시간이야말로 마치 내리막길과 오르막길이 교차하듯 하는 우리의 삶을 우화적으로 보여주는 사건임을 암시한다. "굶주렸던 소녀"의 "하늘이 휘고 빛이 휘는 봉분"을 바라보면서, 그렇게 시인은 참으로 "오랜 시간에도 썩지 않은 땅속에 빛을 발산하고"(「미라」) 있는 시원의 깊이를 형상화한 것이다.

이러한 시편들을 통해 우리는 김하경이 가지는 사유의 스케일과 감각의 디테일을 동시에 경험하게 된다. 그녀는 이성적 분별 이전에 존재했던 사물의 물질성을 충실성하게 재현하는 데 공을 들이면서, 한때 분명히 존재했을 시공간의 실재를 상상적으로 복원한다. 이 점 매우 중요한 이번 시집의 미학적 진경進境이 아닐 수 없을 것이다. 그것은, 들뢰즈G. Deleuze 식으로 말하면, 인식론적 지각perception이 아니라 몸에 작용하는 존재론적 감각sensation의 작용을 적극 수행하는 것이 된다. 그만큼 김하경에게 '감각'이란, 세계와 자아를 매개하는 단순한 도구가 아니라, 세계와 자아, 지상과 우주를 만나게 하면서 파생하는 물리적인 진동이자 강렬한 시원적 형상인 셈이다. 그 점에서 김하경의 이

번 첫 시집은, 한편으로는 가장 개인적인 기억의 층을 마련했다는 구심적 속성 외에도, 감각의 층을 풍부하게 확산해내는 원심적 속성까지 성취한 결실이라고 말할 수 있을 것이다. 그리고 이를 통해 우리는 김하경 상상력의 진폭과 내성 그리고 그것의 확장 가능성을 읽어볼 수 있게 된다. 이 모든 것이 자신은 물론 인간의 기원origin을 상상하고 탈환하려는 김하경만의 시적 모험의 결실인 것이다.

4.

다음으로 우리가 주목할 음역音域은 삶의 기율을 자각하고 안아 들이는 김하경의 따뜻하고도 포용적인 성정과 마음이다. 그녀는 사물들끼리의 상호 연관적 질서를 중시하면서 사물과 내면 사이에서 출렁이는 서정의 움직임을 아름답게 포착하고 노래하는 시인이다. 그래서 그녀 시편들은 단아하고 따뜻하고 역동적인 서정을 통해, 일상에 편재해 있는 불모성을 치유하고 새로운 희망의 가능성을 꿈꾸는 모습을 일관되게 보여준다. 자신의 몸속에서 일어나는 예사롭지 않은 상상적 움직임을 통해, 우리 몸 안팎에서 잊혀진, 하지만 여전히 우리 몸 안팎에 가득한 선연한 흔적들을 줄곧 이끌어내는 것이다.

아이가 내 등 뒤에서 슬쩍 껴안는다

깊은 봄맛을 한 몸에 요약한 채
내 등줄기 위로 완강하게 엉겨 붙어
사라지는 기억들을 배양하는 아침
저 온기와 내 온기가
제 살결과 내 살결이
서로 끌어당기는 사랑 봄기운이 따스하다

아랫목과 이불 사이 밥사발을 넣으면
제각각인 저것들도
살과 살끼리 맞닿는 자리에
열기를 끓어낸 아랫목 봄꽃이 핀다
아이 온기가 내 안에 따스하게 스며든다
사라지는 체온이 이식되는 동안
간격은 없다
36.5도의 체온을 부비며
온몸으로 사랑을 전달받는 중이다

누구도 떨어트릴 수 없는 이 간격
햇빛보다 더 따스한 사랑
봄은 연리지로 엉겨 붙는다

—「간격」 전문

원래 '간격'이란 존재자들의 물리적 거리요, 서로의 상호 연관
을 가능케 하는 심리적 스탠스라고 할 수 있다. 하지만 김하경에
게는 그러한 '간격'을 지워가면서 하나의 몸으로 만나고자 하는

열망이 있다. 특별히 아이가 등 뒤에서 자신을 슬쩍 껴안았을 때, "깊은 봄맛"이 "사라지는 기억들"을 선사할 때, 시인은 "저 온기와 내 온기가/제 살결과 내 살껼이/서로 끌어당기는 사랑"을 따뜻하게 감지한다. 그러니 자연스럽게 아이와 시인 사이에 어찌 '간격'이 있겠는가. 마치 "아랫목과 이불 사이 밥사발을 넣으면/제각각인 저것들도/살과 살끼리 맞닿는 자리"에 놓이듯이, 아이의 온기가 따스하게 스며드는 그 순간, 말하자면 "사라지는 체온이 이식되는" 그 순간, 둘 사이의 간격은 전혀 없게 된다. 그렇게 온몸으로 사랑의 온기를 전달 받은 시인은, "누구도 떨어트릴 수 없는 이 간격"을 "햇빛보다 더 따스한 사랑"이 연리지로 이어놓는 순간에 처하게 된다. 그래서 이 작품은 시인 김하경의 성정이 어떤 따뜻함과 결곡함을 가지고 있는지를 실물 감각으로 보여주는 가편佳篇이 아닐 수 없겠다. 그리고 그러한 성정을 다른 각도에서 보여주는 사례가, 그녀의 등단작 가운데 한 편인 다음 시편일 것이다.

복숭아나무 한 그루 옹이가 둥글다

해거름이면 마당가 복숭아나무에 물을 주고도
검버섯 돋은 할머니는 푸짐한 밥상 차려준다

갈래꽃도 별빛이 흠뻑 배였는지
갓 핀 꽃잎은 붉은 마음이 터졌다

포목점 나간 어머니 기다리다가 졸고 있는 나를 눕히며
나무 밑에 드므는 언제나 간절하다

어두운 밤 오줌발 소리가
지붕을 빠져나가 너울거리는 별빛을 불러 모으는 봄

드므는 무엇을 채우려는가

젖은 땅은 할머니 관절처럼 질퍽일수록
하늘은 맑고 복숭아는 달았다

늙은 복숭아나무 배꼽은 할머니 탯줄을 잇는 유적

도닥거리며 조심스런 잠을 재우던 날 정신은 뚜렷했는데
별빛은 무엇을 적시고 있는지

매운맛처럼 빨갛게 물든 오줌소태
찔끔찔끔 속옷 적시던 지린내가 진동하고
나무는 복사꽃 피우다가 옹이로 늙었다

언제나 복숭아나무 밑 추억의 뿌리는
드므를 닮아 오래된 유적처럼 고요하다

— 「나무 배꼽」 전문

배 한가운데에 탯줄을 끊은 자리인 '배꼽'은, 그 자체로 잉태

147

와 탄생 그리고 생명의 상징이다. 그런데 시인은 그 배꼽이 나무에게도 있다고 상상한다. 그리고 "복숭아나무 한 그루 옹이"를 '배꼽'으로 은유하면서, 그 둥근 옹이를 통해 해거름이면 마당가 복숭아나무에 물을 주시던 할머니를 떠올린다. "푸짐한 밥상" 차려주시던 할머니와, 나무 밑에서 간절하게 무언가를 기다리던 '드므'는, 모두 시인 자신의 성장과 함께한 '배꼽'의 전이체轉移體들이지 않은가. 그렇게 늙은 복숭아나무의 '배꼽'은 할머니 탯줄을 잇는 '유적'으로, 간절하게 무엇을 채우려 했던 '드므'로, 연쇄적 은유의 형상을 거느린다. 이때 시인의 시선은 "복사꽃 피우다가 옹이로" 늙어버린 '나무 배꼽'을 바라본다. 그래서인지 복숭아나무 밑에 얽힌 추억의 뿌리는 "오래된 유적"처럼 고요하게 남아 있는 것이다. 오랜 기억 속의 상처와 결핍에도 불구하고 궁극적인 자기 긍정에 다다르는 김하경의 성정을 보여주는 푸근한 실례로 이 시편은 남을 것이다.

일찍이 랭보A. Rimbaud가 노래한 "상처 없는 영혼이 어디 있으랴!"라는 유명한 시적 전언은, 우리의 삶이 근원적으로 상처와 고통으로 점철되어가는 과정임을 증언한다. 그의 일갈대로 우리는 고통이 선명하게 서린 삶을 살아간다. 그리고 우리는 그 고통을 만들어낸 힘과 가파르게 대결하면서 여전히 상처와 불모의 삶을 이어간다. 하지만 이 호환 불가능한 상처야말로 한 사람의 영혼 속에 새로운 예술적 가능성을 부여하는 창의적 원천이 되지 않는가. 그 가운데서도 '시'는 삶의 상처에 대한 몸의 기억들을 순간적 잔상殘像으로 점화함으로써, 그 안에 상처와 예술이 맺는 유추적이고도 필연적인 연관성을 보여주는 언어 양식이다. 김하경은 자신의 존재론적 기원과 함께 현재에 이르기까지 오랜 시간 겪어온 상처를 심미적으로 구성함으로써, 그것을 상상적으로 치유하거나 재확인하는 일종의 제의 과정을 치르고 있다. 깊이 각인된 젊은 날의 상처를 통해 자신의 존재론적 기원과 현재형을 고통의 미메시스로 노래하는 것이다. 오래도록 이러한 이미지들을 몸속에 간직해온 그녀의 미학은 그녀로 하여금 이렇게 섬세한 기억의 예술사이자 시적 증언자로 태어나는 것을 가능하게 한 것이다.

5.

물론 우리는 김하경 시편이 일차적으로는 시인 자신의 절실한 자기 확인 욕망에 바탕을 두고 있다고 말할 수 있을 것이다. 최근 우리 시에 나타나는 주체와 사물 사이의 치명적 균열 양상은 그녀 시편에서 거의 발견되지 않는다. 하지만 김하경이 자기 자신의 내면에만 골몰하는 시인인 것은 결코 아니다. 오히려 그녀는 반反동일성 원리까지 포괄하면서 동시대의 타자들에 대한 각별한 관심을 표명하는 시인이다. 그래서 시적 시선이 타자들을 향해 한껏 나아갔다가 다시 자기 자신으로 재귀하는 방법론적 일관성을 견지하게 된다. 그 과정에서 그녀는 사물을 새롭게 발견하고 그것을 다시 자신의 삶으로 결합시키는 과정을 끊임없이 수행한다. 이렇게 김하경은 자신만의 응시의 힘으로 사물을 새롭게 발견하는 동시에 다시 사물에게 생명을 불어넣는 시적 호명의 과정을 끊임없이 보여줌으로써, 우리의 삶을 둘러싼 다양한 현실을 응시하고 추스르고 형상화한다. 그녀가 탐색하고 추구했던 시원의 형상이 '지금 여기'와 만나는 접점이 이때 살갑게 만져지는 것이다.

생계비조차 지원 받지 못하는 노인이
시청 앞 길거리에 거북이처럼 엎어져 있다
살살 비위를 맞추지 못한 시간
땅바닥에 고개를 푹 처박고
누더기 옷 속으로 깡마른 아이를 업고 있다
등껍질 속에 머리를 넣었다가 빼냈다 하루를 산 거북이
앞발을 어깨 위로 내밀고
거리의 사람들 주머니만 바라본다
느릿느릿 옹달진 자리에 목을 넣었다가 빼낸 겨울
동전을 도사리는 마음까지 배가 고프다
이골난 허기는 이렇게 거북하게 엎드려 늙어야 하는가
붉은 소쿠리가 숯덩이로 보인다
어둑어둑한 저녁답
엎드린다는 것 불빛 아래서도 환한 세상 올려다볼 수 없는 것
뜨끈뜨끈한 방바닥도 낯설어서 발붙일 수 없다는 것
햇곡 밥 구수한 냄새로 코끝을 홀쩍이고
갑골문자처럼 쩍쩍 금이 간 손등엔

때 구정물 까만 시간만 낀다
며칠째 어둠만 내려앉은 구름 사이로
풍향계는 여전히 바람 부는 쪽으로만 돌고 있다
콜록콜록 노인의 기침소리가
요동치던 젊은 날의 생각만 납작 엎어져있다
소쿠리 안에 하얀 눈만 쌓이고
시청 앞 도로에 거북이가 고개를 숙였다가 내민다

—「거북이」 전문

　　임대아파트의 한 독거노인처럼, 여기서도 "생계비 지원조차
어려운 노인"이 등장한다. 그는 '거북이'처럼 길거리에 엎어져
있다. 마치 "등껍질 속에 머리를 넣었다가 빼냈다 하루를 산 거
북이"처럼 그는 "느릿느릿 응달진 자리에 목을 넣었다가 빼낸 겨
울"을 지나왔을 뿐이다. 반복되는 허기와 구걸 속에서 "어둑어
둑한 저녁 답"을 지나오는 그의 외관과 행보는, 시인으로 하여금
"불빛 아래서도 환한 세상 올려볼 수 없는" 삶을 발견하게 한다.
"갑골문자처럼 쩍쩍 금이 간 손등"으로 상징되는 그의 가난과 노
경老境에서 "며칠째 어둠만 내려앉은 구름"처럼 납작 엎어져 있
는 생애를 보는 것이다. 하얀 눈만 쌓여가는 이 팍팍한 "시청 앞
도로"에서 '거북이' 하나는 그렇게 존재하고 살아간다. 물론 이
때 '거북이'는 우리 시대의 외곽성 혹은 주변성을 상징하는 우의
적寓意的 상관물로서, 가난과 질병과 소외로 점철된 한 생애를 어
둑하게 상징한다. 그러한 존재를 김하경은 그저 자신만의 응시

151

의 힘으로 묘사하는데, 마치 그것이 '시'가 일구어낼 수 있는 가장 초라하고 빛나는 광맥인 것처럼, 동시대의 타자들을 등장시키고 안타까운 시선으로 잡아내고 선명한 영상으로 포착하고 끝내는 그 대상들을 따스하게 거두어들인다.

임대아파트 바닥에 물이 샌다
담쟁이 넝쿨 말라있는 줄기처럼 금이 쩍쩍 갔다

오랜 시간은 소리 없는 힘을 가졌나

독거노인 누웠다 일어난 자리에
임시로 누수를 막겠다는 사회복지사
방수액 바르고 벌어진 틈 사이 신문을 붙였다

뒤틀리고 단수된 심정은 허공을 휘젓고
습기 젖은 종이가 다시 갈라지는 시간
사람 온기가 떠난 뒤 장판 밑은 곰팡이 산실이 됐다

떠나야 할까, 말까
거미는 틈과 틈 사이 집을 짓고 있다

여기저기 널브러진 세간들마저 곰팡이가 생길 것처럼
험상궂은 바람은 방안으로 몰려왔다

거미도 그 틈에 집을 짓고 있다

무심코 지나친 시간도 삶의 무게를 싣고
볼 수 없던 힘은 허공에 시간은 불끈 쥐고 있다
시간의 불 켜고 비 피한 나이가 캄캄한 터널도 집이 될 수 있는 틈이다

나의 해묵은 오두막집 터널 속
마음과 마음이 돌아눕던 방은 태양의 절반만 보인다
눈살 찡그린 나의 오두막은
아직 온기가 남아있다

파랗게 곰팡이 긴 삶도
재생의 힘을 가진다

—「거미의 전술」 전문

    물이 새고 금이 간 '임대아파트 바닥' 역시 우리 시대를 우울하게 은유하는 형상일 것이다. "오랜 시간" 동안 소리 없는 힘에 의해 균열이 간 그곳에서 한 독거노인이 살아간다. 시인의 시선은 임시로 누수를 막은 "종이가 다시 갈라지는 시간"에 머무르면서, 사람의 온기가 사라져버린 저 막막한 시간을 응시한다. 이때 '거미'는 갈라진 틈과 틈 사이에 집을 짓는다. 그때 시인은 "무심코 지나친 시간"과 "삶의 무게" 사이로 "해묵은 오두막집 터널 속"에서의 "마음과 마음이 돌아눕던 방"마저도 아직 온기가 남아있음을 깨닫는다. 거기에 오히려 "재생의 힘"이 있음을 실존적 안간힘으로 알아가는 것이다. 결국 '임대아파트/오두막집'이라는 대위 속에서 시인은 아직 온기와 사랑이 멈추지 않게 틈과

틈 사이로 집을 짓는 '거미의 전술'이야말로 자신의 시적 건축술과 등가임을 고백하는 것이다. 그 전술의 '바닥bottom'에 김하경만의 온기가 흐르는 것은 말할 것도 없을 것이다.

이렇게 시적 대상을 따뜻하게 감싸 안는 태도는 서정시에서 보편적인 형상일 것이다. 물론 감상적 자기 탐닉에 빠진다거나 범상한 동어반복으로 머무른다면 곤란하겠지만, 좋은 서정시는 세상의 결핍과 부재를 견디는 간단없는 힘을 보여줌으로써 한때 분명한 실재로서 존재했던 것의 부재라는 생의 결여 형식을 힘껏 감싸 안는 국량局量을 보여준다. 김하경 시편은 이러한 부재와 존재의 변증법을 탁월하게 그려냄으로써, 우리 시대의 비극(성)을 치유하고 넘어서려 한다. 우리도 그녀 시편을 따라 그녀의 페이소스가 만만치 않은 온기와 결기를 품고 있다는 것을 알아가게 된다. 그리고 그러한 온기와 결기는 시선의 확산으로 이어져 더욱 구체적인 타자 이해에 그녀 시학으로 하여금 몰입하게끔 하는 것이다.

6.

사실 타자들에 대한 묘사와 기억은 어떤 풍경에 대한 사실적 재현이 아니라, '지금 여기'의 삶을 살아가는 이들의 한 전형을 묘사하려는 시인의 현재적 욕망에 의해 선택되고 구성되는 세계일 것이다. 그 점에서 김하경이 선택하고 구성하는 세계는, 시인 자신이 가지고 있는 현재적 욕망과 고스란히 닮아 있다고 할 수 있다. 시인은 자신만의 묘사와 기억의 힘을 통해 세상이 살기 어렵고 또 그만큼 살아가야 할 이유로 가득하다는 것을 근원적 터치로 보여준다. 그럼으로써 그녀는 우리로 하여금 시간의 가혹한 무게를 견디면서 진정한 사랑과 연민과 사회적 관심을 부조浮彫하게끔 해준다. 이는 베르그송H. Bergson이 "지속의 내면적 느낌"이라고 부른 '시간(성)'이 시인 자신의 삶 속에 있음을 증명하는 동시에, 시인으로 하여금 한시적으로 존재하다가 사라져가는 것들에 대한 짙은 긍정의 노래를 부르게 하고 있는 것이다. 그것이 결국 타자들의 구체를 이렇게 선명하고도 정성스럽게 불러올 수 있는 원형적 힘으로 작용했던 것이다.

지금까지 우리가 읽어온 김하경 시편들은 기원과 타자를 결속하는 따뜻한 성정의 시학을 아름답게 보여주었다. 그녀 시편에는 특별히 기원이나 시원에 대한 기억을 노래한 것들이 많은데, 김하경은 마치 '시간(성)'을 드러내는 것이 자신의 시적 목표라도 되는 듯이 오랜 기억의 지층을 통해 존재론적 근원을 상상하고 사유한다. 이는 원래 서정시가 시인 자신의 현실과 꿈 사이 간극에 관한 상상적 기록이기를 멈추지 않는다는 점에서, 그 본령을 여실히 충족하는 사례라고 할 수 있을 것이다. 그만큼 김하경 시의 저류底流에는 시인 자신이 겪어온 절실한 경험 가운데 가장 뿌리 깊은 기억의 지층이 녹아 있고, 그 안에는 오래 전부터 상상하고 사유해온 그녀만의 기원과 성정이 마디마디 박혀 있는 것이다. 그 밀도와 깊이와 집념과 일관성이 새삼 놀랍다. 그래서 우리는 이러한 첫 시집을 상재한 김하경 시인이, 더욱 다채롭고 구체적이면서 또 감각 쇄신의 충격과 감동을 주는 시편들로 성큼성큼 이월해가기를, 마음 속 깊이, 소망하게 된다. 다음에 우리가 만나볼 그녀 시편들이 이러한 기대를 여실히 충족해갈 것을 깊이 신뢰하면서 말이다. ▨